よく和歌る源氏物語

山田利博
Toshihiro YAMADA

予書院

目次

まえがき

皆さんはなぜ源氏物語がこれほど有名なのだと思われますか。もちろんその理由は色々ありますが、そのうちの一つが、和歌を作る時の参考書として使えることです。と言うのは、源氏物語には全部で七百九十五首という、第一勅撰集である古今集の千百首と比較しても、それほど見劣りしない数の和歌があり、しかも歌集よりも詳しい、その歌が詠まれた時の状況説明が付いているからなのです。

最初にそれを言ったのは、新古今和歌集の撰者で、歌の名人として有名な藤原定家の父にして、自身も第七勅撰集の撰者であった藤原俊成ですが、詳しいエピソードは本書の第一話をお読み頂くとして、それ以来歌人にとっては、源氏物語は必読書と言われています。けれど現在では、源氏物語をちゃんと読んでいる歌詠みは非常に少ない。そこで読んでいない者にも分かる、源氏物語の歌の解説のようなものをお願いできないかという依頼が、同じ宮崎に住むよしみで、日本を代表する歌人の一人である伊藤一彦先生から、源氏物語を専門とする私のところに舞い込みました。それで始まったのが、伊藤先生主催の短歌雑誌『梁』に、現在も連載している「源氏物語と和歌」で、本書はその二十回目までを収めたものです。

本書の書名に「和歌る」という造語を用いたのもそのためで、「和歌で（源氏物語を）分かる」と、「和歌を作る」を掛けてあります。本書が「和歌作り」に少しでもお役に立てば、それに優る喜びはありません。

しかし、伊藤先生には初めから申し上げていますが、私には古典の歌の善し悪しは分かっても、現代短歌の善し悪しは分かりません。ですから、時々ずれている話もあるかも知れません。それでも皆さんが和歌を作られる時に、多分これはお役に立つだろうと、無い知恵を絞って書いたのが本書で、それが番外編として古典仮名遣いと文法の話もある理由です。現代短歌は現代仮名遣いで書かれたものもありますが、基本は古典仮名遣いで書くものだからです。

それと、一つのエピソードは大体八頁くらいにまとめました。エピソード間は連想形式を取ってはおりますけれども、それ以外の直接的な繋がりはありません。ですから皆さんは、既に御存知のところは跳ばして、必要な箇所だけ読んで頂いても結構です。とにかく肩肘張らずに、源氏物語の和歌の世界におつきあい頂ければ、有難く存じます。

なお、源氏物語の本文引用と現代語訳は、原則として小学館の新編日本古典文学全集によりましたが、若干私に直した部分もあります。また巻末に、本書で取り上げた源氏物語作中人物の全歌を掲げることにしました。何しろ光源氏、薫と言った主人公級の人物は、本書で取り上げた歌の数よりも、取り上げなかった方が多いので、それを参考に、その人物の全体的作歌傾向を読み取って頂ければ幸いです。

1 「源氏見ざる歌詠みは遺恨の事なり」

宮崎大学で源氏物語を講じている山田と言います。この度、宮崎のご出身で、全国的にも有名な歌人・伊藤一彦先生の御依頼で、作歌をなさる方のお役に立てるようにと、「源氏物語と和歌」をテーマとして一書をものすことになりました。今回の最初の部分は一度、伊藤先生の歌会でお話ししたことと重なるのですが、お聞きになれなかった方も当然いらっしゃるので、繰り返してお話しすることにします。

今回のタイトルは、藤原定家の父で、第七勅撰集・千載集の撰者としても有名な藤原俊成の科白から引用してみたのですが、彼はなぜ、「源氏を知らないような歌人はダメだ」と言ったのでしょうか。源氏物語には七百九十五首という、古今集（千百首）並の和歌が含まれており、しかもその全てが名歌ということも理由の一つとしてありましょうが（但しそれは、いずれお話ししますが、歌が下手と設定されている人物の歌はちゃんと下手に作ってあるという意味も含めての話です。ちなみに紫式部は歌集も残していますが、後で引用する俊成の言葉にもあるように、そこにある歌よりも源氏物語中の歌の方が上手い――つまり、自分の立場で詠むよりも作中人物に成り代わった時の方が上手いという、根っからの物語作家でありました）、本当の理由は彼自身が説明してくれています。

それは『六百番歌合』という、本みたいなもの（現在は本の形をしていますが、当時は違うという意味）で、最近では岩波の新日本古典文学大系の中にも入りましたから、割と簡単に読むことが出来ます。これがどういうものかを簡略に説明しておきますと、「歌合《うたあわせ》」というのは、平安時代から明治時代まで流行した、左右に分かれて歌を競う遊びで、紅白歌合戦の和歌版だと思っていただけば、ほぼそれに近いものになります（但し男女別ではありません）。「六百番」というのはそれが六百組・千二百首で行なわれたということで、学者によって推定日数は異なりますが、とにかく一日で出来たはずはありません。つまりそれだけ大勝負であったということで、勝ち負けを決めるとなれば当然審判が必要で、それを判者《はんじゃ》と呼ぶのですが、その歌合の判者であったのが、当時和歌の最高権威と目されていた藤原俊成というわけです。それでは問題の箇所を原文で紹介してみましょう。

十三番　　枯野

左勝　　女房

五〇五　　見るあきをなにのこさむくさのはらひとへにかはる野辺の気色に

右　　隆信

五〇六　　しもがれの野べのあはれを見ぬ人や秋の色にはこころとめけむ

右方申云、くさのはらききよからず、左方申云、右歌ふるめかし判云、左、なににのこさんくさのはらといへる、えんにこそ侍るめれ、右方人草の原難申之条、尤うたたある事にや、紫式部歌よみの程よりも物かく筆は殊勝なり、そのうへ花宴の巻はことにえんなる物なり、源氏見ざる歌よみは遺恨の事なり、右、心詞あしくは見えざるにや、但、常の体なるべし、左歌宜し、勝と申すべし

引用は先ほど紹介した新日本古典文学大系ではなく、角川の新編国歌大観にしました。先ず歌の前についている「五〇五」「五〇六」という数字に御注目ください。これは国歌大観番号と言い、全ての古典和歌に付されている、戸籍のようなものです。すなわち国歌大観というのは江戸時代以前の和歌を網羅した優れものので、全十巻（但しそれぞれに索引がありますので二十冊）約三十万円と値は張りますが、古典和歌を研究する時の基本中の基本といった本ですから、機会がありましたら、図書館ででもぜひ手に取ってみてください。前置きが長くなりましたが、どうせ国歌大観番号をつけるなら、国歌大観そのものが良かろうと思い、引用しました。

さて、出だしに十三番とあるように、この組み合わせは六百番のうち冬上（「冬」の上巻のこと。六百番歌合は「春」「秋」上中下、「夏」「冬」上下と「恋」一〜十に分かれています）の十三番

目になされたものですが、「枯野」というテーマで歌を詠むように指示されました。ついでに言うと、こういう形を「題詠」と言い、万葉以降の古典和歌は、自分の感興のままに歌を詠むわけではなく、このようなものが多いのです。例えば百人一首で有名な、恵慶《えぎょう》法師の「やへむぐら茂れる宿のきびしきに人こそ見えね秋は来にけり」も、荒れた宿に秋が来たというテーマで歌を詠むよう指示されたもので、実景を見て感動したわけではありません（今の和歌と違いますか?）。二人のうち、まず左方の女房が、

秋の間に見た美しい景色を何に残したらよいだろうか。秋の間多くの花が咲いた草の原も枯れて見渡す限り同じ景色に変わってしまっている

（訳は新日本古典文学大系に従いました。次の歌も同じです）

という歌を詠み、次に右方の藤原隆信（定家の異父兄弟）が、

霜枯れの野辺の荒れ果てた様子に目を止めない人が秋の寂しい景色には心をとめたのであろうか

と詠みました。それらに対する俊成の判定が後ろに続く部分（これを判詞《はんじ》と言う）ですが、要点を簡単にまとめますと、まず右方・隆信の応援団（これが左右に分かれることの意味です。紅白歌合戦のそれぞれの組の応援合戦をイメージすると良いでしょう）が、左の歌にある「草の原」という単語のイメージが良くないとけなします。と言うのは、それは古文では墓所を連想させ

る言葉で、その点では右方の非難は当然とも言えますが、俊成はそれを不勉強と決めつけます。なぜならその単語は源氏物語の花宴巻で、その巻のヒロイン・朧月夜が詠んだ歌「憂き身世にやがて消えなば尋ねても草の原をば問はじとや思ふ」に使われているからで、しかも俊成に言わせれば、花宴巻は源氏物語の中でも特に優美な巻だからです。その歌を知らないで「草の原」に文句をつけるなどということは、歌人としてはあるまじきこと（逆に言えば、左方女房はそれを知っていたからこのような歌を詠んだと俊成は判定した）で、そのうえ右の歌は取り立て言うほどの長所もないからと、最終的には左を勝ちとするのです。更級日記の作者のように、源氏物語をそらんじていた当時の貴族にとっては、これだけの言辞で充分かも知れませんが、遂に高校の必修の教科書から、源氏物語が無くなってしまった現代においては、多分これではお分りにならないでしょう。そこでもう少し解説を続けることにしたいと思います。

花宴巻は源氏物語八番目の巻で、活字にして十数頁の、源氏物語で二番目くらいに短い巻です（ちなみに一番短いのは篝火《かがりび》巻の五頁）。巻頭に紫宸殿での桜花の宴を持つためにこの名がありますが、当時二十歳の若盛りであった光源氏はそこで素晴らしい声で漢詩を朗唱した後、春《しゅん》鶯囀《のうでん》という舞を、これまた素晴らしく舞い、いやが上にもその魅力を見せつけます。さらにその後行われた酒宴で、いささか酔った光源氏は、最愛の人である、義理の母・藤壺に会いに彼女の御殿へと忍びます。しかし藤壺は、源氏物語随一の理想的女性とされるので戸締まりは良く、入り込めなかった光源氏はその隣の御殿である、敵方の弘徽殿《こきでん》（これも光源氏の義理の母であり、少なくとも光源氏は敵視していないので、この言い方はいささか不正確なのですが、いわゆる敵役と御理解下さい）へと忍び込みます。と、そこへ、古今集・大江千里《おおえのちさと》（現代の歌手とは別人です）の歌「照りもせず曇りも果てぬ春の夜の朧月夜にしくものぞなき」の、漢詩臭の強い最後の一句を、女性らしく「似るものぞなき」に言い換えて歌いながら絶世の美女が向ってきます（そのためこの女性は朧月夜と呼ばれます）。光源氏は衝動を抑えることが出来ず、またその女性は敵方の光源氏（実は朧月夜は弘徽殿女御の末の妹なのです）と知り、敢えて名前を明かさずに、二人は契りを結びます。やがて夜明けが来て別れる時に、「やはり名前を教えてください、そうしないとあなたを探しにも行けない」との光源氏の言葉に応えて詠んだのが、「草の原」の歌なのです。

意味はもうお分かりだと思いますけれども、「不幸せな私がこのままこの世から消えてしまったら、名のらなかったからといって、あなたは、草の原を分けてでも私を尋ねようとはならないのでしょうか」という少しすねた歌で、どことなくロミオとジュリエットのジュリエットを思わせるようで、個人的には好きなのですが、こういう特殊な歌だから、普段は不吉な墓所という単語もＯＫなので、現代語訳からもお分りのように、裏の意味はともかくとして、表面的にはただの草原しか意味しない十三番左の歌も、本当にＯＫかどうかは、私には判断がつきません。簡単に説明したように、花宴巻は確かに源氏物語でも一、二を争う優美な巻だとは思いますが、下衆の勘ぐりかも知れませんけど、隆信と定家が既に説明したような関係にあったとすると、自分の妻に別の男が産ませた子供に対して、俊成が複雑な気持ちを抱いていたという可能性も、あながち否定できないでしょう。真相はどうあれ、何せ当時の和歌の第一人者と目される人の言葉ですから、この時から「源氏見ざる歌詠みは遺恨の事なり」と決まってしまいました。

ですから、現代で作歌をなさる皆さんにも源氏物語のことをできるだけ知っていただきたいのですが、そうは言っても源氏物語は活字本にして約二千頁もあり、読むのはなかなか骨が折れます。そのためにこの本があると言っても過言ではないのですが、どこまで続くか分かりませんけれども、ここで取り上げられるのは源氏物語のごく一部ですから、たとえ現代語訳やマンガ（マンガを馬鹿にしてはいけません。入試クラスの源氏物語なら、大和和紀が書いた『あさきゆめみし』というマンガを読んでおけば対応できるのは既に受験界の常識ですし、最近の源氏物語の研究書には、「マンガ化された源氏物語」の項目が立てられるのも常識です）のような安直なものでも、読んでいただくに越したことはありません。

余談ですが、時間と金に比較的余裕があった平安貴族は別として、いずれお話しする機会もあるかもしれませんが、連歌もやはり源氏物語を知らないと詠めないのですけれども、町人階級により近い連歌師達は源氏物語を読むこともままならず、そのような世界には『源氏小鏡《こかがみ》』などという本が流行していました。神田の古本屋などに行けば、これも手に入れることは出来ますけれども、要は源氏物語の巻ごとのあらすじと主要な歌を集めたもので、作歌のためのアンチョコと言ったものです。有名な作家が長年心血を注いだ現代語訳を、そんなものと一緒にするのは、いささか失礼かも知れませんが、どんなに素晴らしい現代語訳でも、専門的に言うとやはり訳し切れていない箇所も多く、原文を読むのが一番ではあります。ですが、それが難しいというので始めた話ですから、結論をそっちに持っていったりはしませんが、そうは言っても現代語訳ですら種類は多く、差し当たってどれを読めば良いかも、なかなか難しい問題ではあります。

そこで2では、それぞれの現代語訳等の特徴を、特に歌の処理の仕方を視点にお話しし、皆さんの判断の御参考に供したいと思います。

２　現代語訳と和歌

作者でもない私がお陰様でと言うのは変ですが、源氏物語は現代の作家の心をもくすぐるようで、様々な人が現代語に訳しています（以下「訳」とします）。中には川端康成のような、「いかにも」と思われる人もいるのですが、残念ながら彼の訳は公表されていず、作家で全編通して訳されたのは、与謝野晶子・谷崎潤一郎・円地文子・瀬戸内寂聴、後に詳しく触れますが、「あれが訳と言えるのか」という声もあるようですが、橋本治といったところでしょうか。本当は田辺聖子も入れても良いのかもしれませんが、彼女の訳には桐壺巻のみありませんので、「全編通して」という言葉を厳密に守れば、入れられないことになります。なぜそのようなことが起ったのかと言うと、幸いにもそれは彼女自身の口から明かされていますが、御存知のように彼女は「おっちゃん好き」なため、光源氏の子供時代しか描かれていない桐壺巻を訳すのに耐えられず、後から回想で補う形式を取ったのだそうです（確かに彼女の訳は、桐壺巻が無くとも成立しています）。嘘みたいな話と思われるかもしれませんが、彼女はもう一つ平安時代の『落窪物語』というのを訳しており（訳書名も『おちくぼ』（角川文庫）です）、簡単に言うとそれは和製シンデレラで、御存知のように「シンデレラ」とは「灰かぶり」という意味で、いつも台所にいたため命名されるのですが、『落窪物語』の主人公・落窪姫も、継子のため一段低い部屋に住まわされていたことにより命名されることまで一致し、実は全四巻からなります。しかし、これもシンデレラと共通しますが、その四巻目は継母に復讐する内容なので、訳すに耐えないと、『おちくぼ』には三巻までしかありません。このように見てくると、彼女は相当に自分なりの美意識を持った人だと分かりますが、程度の差こそあれ、それは他の人にも当てはまるようで、例えば円地文子などは、原作にはない藤壺の光源氏への思いまで書き込んで、原作者の代わりに書き込んでおきましたなどと、しゃあしゃあと言っているくらいです。したがって、同じ源氏物語の訳と言っても、訳者によって全然違うのですが、それを実際に体験していただくために、有名な桐壺巻冒頭の訳をそれぞれ抜き書きしてみましょう。本当はこれは田辺聖子にはかわいそうで、二巻目の帚木以降でやってみようかなとも思ったのですが、何と言っても知名度が違うので、やはり桐壺でやることにします（訳は適宜通行表記に改めた箇所があります）。

どの天皇様の御代であったか、女御とか更衣とかいわれる後宮がおおぜいいた中に、最上の貴族出身ではないが深い御愛寵を得ている人があった。最初から、自分こそはという自信と、親兄弟の勢力に恃む所があって宮中に入った女御たちからは失敬な女としてねたまれた。その人と同等、もしくはそれより地位の低い更衣たちは嫉妬の炎を燃やさないわけもなかった。夜の御殿の宿直所から退《さが》る朝、続いてその人ばかりが召される夜、目に見耳に聞いて口惜しがらせた恨みのせいもあったかからだが弱くなって、心細くなった更衣は多く実家へ下がっていがちということになると、いよいよ帝はこの人にばかり心をお引かれになるという御様子で、人が何と批評をしようともそれに御遠慮などというものができにならない。御聖徳を伝える歴史の上にも暗い影の一所残るようなことにもなりかねない状態になった。

（与謝野晶子訳）

何という帝の御代のことでしたか、女御や更衣が大勢伺候していました中に、たいして重い身分ではなくて、誰よりも時めいている方がありました。最初から自分こそは思い上っていたおん方々は、心外なことに思って蔑《さげす》んだり妬んだりします。その人と同じくらいの身分、またはそれより低い地位の更衣たちは、まして気が気ではありません。そんなことから、朝夕の宮仕えにつけても、朋輩方の感情を一途に害したり、恨みを買ったりしましたのが積り積ったせいでしょうか、ひどく病身になって行って、何となく心細そうに、ともすると里へ退って暮らすようになりましたが、帝はいよいよたまらなくいとしいものに思し召して、人の非難をもお構いにならず、世の語り草にもなりそうな扱いをなさいます。

（谷崎潤一郎訳）

いつの御代のことであったか、女御更衣たちが数多く御所にあがっていられる中に、さして高貴な身分というではなくて、帝の御寵愛を一身に鐘《あつ》めているひとがあった。

はじめから、われこそはと心驕りしていられる方々からは、身のほど知らぬ女よと爪はじきして妬まれるし、そのひとと同じくらい、またそれより一段下った身分の更衣たちにすれば、まして気のもめることひとかたではない。朝夕の宮仕えにつけても、始終そういう女人たちの胸をかき乱し、その度に恨みを負うことの積りつもったためでもあったろうか、だんだん病いがちになってゆき、何となく心細そうにともすれば実家《さと》下りの度重なるのを、帝はやるせないまでに不憫《ふびん》なものと思召《おぼしめ》され、いよいよいとしさの増さる御様子で、人の批難など一切気にかけようともなさらない。まったく後の世の語り草にもなりそうな目に立つ御慈しみ方なのであった。

（円地文子訳）

いつの御代のことでしたか、女御や更衣が賑々しくお仕えしておりました帝の後宮に、それほど高貴な家柄の御出身ではないのに、帝に誰よりも愛されて、はなばなしく優遇されていらっしゃる更衣がありました。

はじめから、自分こそは君寵第一にとうぬぼれておられた女御たちは心外で腹立たしく、この更衣をたいそう軽蔑したり嫉妬したりしています。まして更衣と同じほどの身分か、それより低い地位の更衣たちは、気持のおさまりようがありません。

更衣は宮仕えの明け暮れにも、そうした妃たちの心を掻き乱し、激しい嫉妬の恨みを受けることが積もり積もったせいなのか、次第に病がちになり衰弱してゆくばかりで、何となく心細そうに、お里に下がって暮す日が多くなってきました。

帝はそんな更衣をいよいよいじらしく思われ、いとしさは一途につのるばかりで、人々のそしりなど一切お心にもかけられません。

全く、世間に困った例として語り伝えられそうな、目を見はるばかりのお扱いをなさいます。

（瀬戸内寂聴訳）

いつのことだったか、もう忘れてしまった——。

帝の後宮に女御更衣数多犇めくその中に、そう上等という身分ではないが、抜きん出た寵を得て輝く女があった。

女の身分は更衣である。

帝の寵を受ける女達の中で、更衣とは「いとやんごとない」と称されるような身分ではなかった。帝の正室である中宮、その中宮を選び出す女御の階級に続く、妃の第二の身分であった。

だがしかし、帝の寝所に侍り宿直する身の女に「下等」と称されるようなもののあろう筈もない。上にあらず下にあらざる更衣の身にふさわしい寵にとどまっていれば、いかなる事件も起こりようはなかった。

にもかかわらず、その女はただ一人、後宮という閉された世界にあって、抜きん出て輝いていた。

（橋本治『窯変源氏物語』）

皆同じ所まで抜き書きしようかと思いましたが、最後の『窯変源氏物語』だけは異様に長いので途中でやめました。さすがに原作の一・五倍にふくれあがった作品だけのことはありますが、それも含めて、「～た。～た。～た」と、やたら歯切れの良い与謝野訳から意外と改行の多い瀬戸内訳まで、それぞれの訳の雰囲気だけは掴めたかと思います。ちなみに原文は、

いづれの御時にか、女御、更衣あまたさぶらひたまひけるなかに、いとやむごとなききははにはあらぬが、すぐれて時めきたまふありけり。はじめよりわれはと思ひあがりたまへる御かたがた、めざましきものにおとしめそねみたまふ。同じほど、それより下臈の更衣たちは、ましてやすからず、朝夕の宮仕へにつけても、人の心をのみ動かし、恨みを負ふつもりにやありけむ、いとあつしくなりゆき、もの心細げに里がちなるを、いよいよあかずあはれなるものにおもほして、人のそしりをもえはばからせたまはず、世の例にもなりぬべき御もてなしなり。

で、古典に段落の概念など存在しませんから、それが合わないのはともかく、注目すべきは谷

崎訳で、文の数と切り方（それは終止形の数で古文でも分かります）まで完全に一致します。そしてそれはここだけではなく、作品全体に及んでいるので、さすが自分の文章を源氏物語派と呼ぶ人であると思いますが、その谷崎訳、及びそれを踏襲したと思われる円地・瀬戸内訳では和歌は原文のままで、谷崎訳では和歌の上、瀬戸内訳では下、円地訳では左頁の欄外に現代語を付すという形を取ります。なお、歌人である与謝野は、訳す必要もないと思ったのか原文だけです。皆さんも和歌の詠み手でいらっしゃるから、或いは与謝野訳でも良いのかもしれませんが、やはり古典の和歌は難しいから、その他の訳の方が良いかもしれません。中でも興味深いのは『窯変源氏物語』で、これは例えば、「限りとて別れる道の悲しさに／生きると行くは命なりけり」（原文「かぎりとて別るる道の悲しさにいかまほしきは命なりけり」）のように、原作に極めて近い形を取りながらも、現代風にアレンジした形で配されています。（ちなみに／は改行。つまりこの作品は和歌を、すべて二行詩の形で表記しています）。このアレンジは、古典文法では間違っていたりしますから、専門家の間ではあまり評判が良くないのですが、私は何でもプラス思考なためか、これはこれで面白い気がします。なぜなら、物語の中にどうして和歌が存在するのかという、間接的な答えになっているような気がするからです。

皆さんも、平安時代の物語にはなぜ必ず和歌が存在するのか疑問に思ったことはありませんか。そういう疑問に対して私は、平安時代の物語はミュージカルなのだと答えます。オペラではすべての科白が歌ですが、ミュージカルは感情が高揚してきた所のみ歌いますでしょう。それと同じように、平安時代の物語は、ここ一番の時は歌い出すのです。と言うのは、こうした文字によるものでは表出することは不可能ですが、今でも宮中の歌会始や冷泉家では行われているように、和歌はもともと、文字通り「歌う」ものだったからです。そう思ってみれば、日常生活環境が現代文に移行してしまった今、古典の現代語訳の歌のみが原文のままであるというのは、何か変だという感覚はお分かりいただけるのではないかと思います。もっとも、私も『窯変源氏物語』の訳を良いと思っているわけではないので、お勧めというほどではないのですが、他にはこうしたものはありませんので、ためしに味わってみるくらいは良いと思います。

3では、源氏物語に見る歌の善し悪しについて、少しお話してみたいと思います。

3 源氏物語に見る歌の善し悪し

源氏物語などを研究していると、和歌が得意だとよく誤解されます。しかし、本当に和歌が得意なら、古今集などの韻文を研究するはずですから、私自身は和歌など全く詠めません。そうは言っても、清少納言ではありませんけど、「春に冬の歌、秋に梅の歌を詠む」ほど非道くはない（『枕草子』）のですが、少なくとも歌の善し悪しを自分で判断できる自信は全くありません。ですから、葵巻で六条御息所が詠んだ、「袖ぬるるこひぢとかつは知りながら下り立つ田子のみづからぞうき」（＝袖が濡れる泥（古文ではこれを「こひぢ」と読みます。ここでは「恋路」との掛詞）であると知っていながらも、泥に下り立つ田子（＝農夫）のように恋路に踏み込んでしまう私は、自分自身が嫌になります）という和歌を、室町時代の源氏物語の注釈書である『細流抄』が「此物語第一の歌」と言ったり、皆さんも御存知だと思いますが、歌人としても有名な源氏研究者・藤井貞和が、「源氏物語屈指の歌詠みのひとり」は明石御方だと言ったりすると、「なるほど」と一応は思うのですが、藤井氏はさすがに避けていますけど、学者というのは疑い深くないと出来ないという信念を持つ私は、「でも本当に一番か。大体、何を以て一番二番と決められるのか」などとつい思ってしまうのです。かと言って、自分では判断がつかない私としては、ずるい考えですが、意見の割れそうな良い歌についての言及はやめて、私でも分かる悪い歌のお話を今回はしてみたいと思います。当然ながらその反対が、源氏物語における良い歌となるはずだからです。

さて、源氏物語で悪い歌を詠む人の筆頭は、誰が考えても末摘花でしょう。彼女は常陸宮の娘という高貴な生まれですが少々おつむが弱く、歌を詠むのは苦手です。彼女の歌がどのようにひどいかというのは、本当は彼女が詠んだ歌六首を全て並べてみないと説明しづらいのですが、紙幅の関係でそれは本書末の「詠者別作中和歌一覧」を御参照いただくとして、ここでは行幸《みゆき》巻で光源氏が彼女にした返歌「唐衣またからころもからころもかへすがへすもからころもなる」を紹介しておくに止めましょう。訳はお分かりになると思い、つけませんが、この歌が示すように、末摘花の歌は六首中三首までが、「唐衣」という語を含むものなのです。それだけでも彼女の歌の欠点は分かろうというものですが、御丁寧にも物語は、光源氏の口を借りてその解説をしますから、遡る玉鬘《たまかずら》巻ではありますが、その部分の現代語訳のみ示しておきましょう。

昔気質の歌詠みは、『唐衣』とか『袂濡るる』とかの恨み言が決まり文句なんだね。まあ、私なんかもその口だが。全くその決まり文句にばかり執着して、現代風の言葉に食指を動かさないのが御立派ではあるがね。例えば人々の寄合いを、帝の御前などの改まった歌会の席では、『円居《まとい》』と言うのが、欠かせない三文字なんですよ。また、昔の恋の風流なやりとりには、『あだ人の』という五文字を第三句に置けば、何となく落ち着くようです

これでもうお分かりと思いますが、源氏物語で先ずダメとする和歌の条件とは、「昔ながらのワンパターン」なのです。

次に、これに近いことでもう一つ、やはり行幸巻で葵上の母、つまり光源氏の義母に当たる大宮が詠んだ歌「ふた方にいひもてゆけば玉くしげわが身はなれぬかけごなりけり」も挙げておきましょう。この訳を示すには多少の状況説明が必要なので先ずそこから説明します。そもそもこの行幸巻は光源氏が三十六歳の十二月から翌年の二月までを描く巻で、彼が十七歳の時、若気の至りで死なせてしまった恋人・夕顔の娘で、葵上の兄弟の頭中将《とうのちゅうじょう》（天皇の秘書である蔵人《くろうど》のトップの蔵人頭で近衛中将を兼ねた人のことを言います。貴族の中でもエリートです。もっとも、エリートらしく行幸巻では内大臣に昇進していますが、光源氏との関係上、頭中将時代が一番印象が強いので、源氏物語読者の間では昇進してもこの名で呼ばれます）の血を引く玉鬘を罪滅ぼしのために引き取り、時の帝・冷泉に入内させようかと考え、行幸にかこつけて玉鬘に冷泉の顔を見せるのでその名があります。入内させるには、氏神を祀る関係で（玉鬘は、本当は藤原

氏である頭中将の娘なので、源氏の氏神・八幡神ではなく、春日明神を祀る必要がある）、娘の素姓をはっきりさせておかねばならず、夕顔のことは上手く隠して、光源氏はこの巻で玉鬘の素姓を明かします。先ほどの歌は、それを聞いた大宮が喜んで送ってきたもので、「源氏の大臣と内大臣と、お二方いずれの筋から申しても、この私には孫として切れない縁のあるあなたなのでした」という意味なのです。末摘花の場合とは違い、この歌の欠点は少し見えにくいでしょうが、これも光源氏が解説してくれていますので、やはり訳のみ紹介しておきましょう。

よくもまあ、玉くしげ（櫛を入れる美しい箱）にこだわったものですね。三十一文字の中に、それと無縁な言葉がほんの少ししかないのも容易な業ではない

一応解説しておきますと、大宮の歌の「ふた方」（＝光源氏と内大臣）には「蓋」が、「身」（＝私）には「実」（＝箱の、蓋でない方）が、「かけご（懸籠）」（＝他の箱の縁（ふち）にかけて、その中に入るように作った二重の箱）には「子」が、それぞれ掛詞として掛けられ、しかもそれら全てが「玉くしげ」の縁語となっているために、この光源氏の評言となったわけです。念のために申しておきますが、先ほどの「唐衣」等とは違って「玉くしげ」は、源氏物語以降もたくさん使われていますから、決して古臭い語というわけではありません。そして縁語・掛詞という技法も、平安時代においては、ほめられこそすれ、けなされることはないのですが、光源氏の言葉にもあるように、「使いすぎはダメ」ということなのでしょう。

さて、「技法の使いすぎ」と言うと、源氏物語にお詳しい方なら次に取り上げる人物は察しがつくと思います。近江の君です。

近江の君も頭中将の娘で、登場も玉鬘とほぼ同じです。と言うより、光源氏が玉鬘の素姓を明かさなかった頃、つまり玉鬘が光源氏の本当の娘だと世間に思われていた頃ですが、近頃光源氏が非常に出来の良い娘を引き取ったと聞いた頭中将はうらやましくなり、自分も若い頃遊んだ女性たちにひょっとしたら娘が生まれているのではないかと思って探し出したのがこの女性なのです。頭中将の血を引くだけあって顔も悪くなく、頭もまあまあらしいのですが、いかんせん育ちが悪かったため、せっかくの知識を生かし切ることが出来ません。その結果が和歌技法の多用なのですが、大宮と違って彼女の場合は、その前の言葉から問題になりますので、少し長くなりますが、引用してみましょう。近江の君の品のなさに呆れた父に、同じ娘でも出来の良い弘徽殿女御（弘徽殿とは宮中にある御殿の名で、そこに住む女御は全て弘徽殿女御と呼ばれます。ですから、源氏物語ではこの名の女性が二人登場し、この女性は、子供時代の光源氏をいじめた人とは別人ですが、ともに光源氏のライバルの側というのは面白い共通点です）のところに行儀見習いに行けと言われた近江の君が、女御に宛てた手紙です。

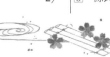

葦垣《あしがき》のま近きほどにはさぶらひながら、今まで影ふむばかりのしるしもはべらぬは、勿来《なこそ》の関をや据ゑさせたまへらむとなむ。知らねども、武蔵野と言へばかしこけれども、

あなかしこや、あなかしこや。と点がちにて、裏には、まことや、暮れにも参り来《こ》むと思うたまへたつは、厭《いと》ふにはゆるにや。いでや、いでや、あやしきは水無瀬川《みなせ》にを」とて、また端にかくぞ、

草わかみ常陸の浦のいかが崎いかであひ見む田子の浦波

「大川水の」

いちいち解説していると大変なことになるのですが、少しおつきあいいただくと、先ず「葦垣のま近き」には古今集の恋の歌「人知れぬ思ひやなぞと葦垣のまぢかけれども逢ふよしのなき」を踏まえます。次いで「影ふむばかり」「勿来の関をや据ゑ」には後撰集の恋の歌「立ち寄らば影ふむばかり近けれど誰かなこその関をすゑけむ」、「知らねども、武蔵野と言へば」には古今六帖の歌「知らねども武蔵野といへばかこたれぬよしやさこそは紫のゆゑ」、「厭ふにはゆる」にはまた後撰集の恋の歌「あやしくもいとふにはゆる心かないかにしてかは思ひやむべき」、「あやしきは水無瀬川にを」には最古の源氏物語の注釈書・源氏釈の歌「あしき手をなほよきさまにみなせ川底の水屑の数ならねども」、「大川水の」にはやはり源氏釈の歌「み吉野の大川水の藤波のなみに思はばわれ恋ひめやは」を踏まえるという具合に、きらびやかなまでに古い名歌で文章を飾ります。紙幅の関係で細かい訳は書けませんが、要は、「今まで間近に住んでおりましたが、御縁が無くてお会いできませんでした。でも、畏れ多くともお姉さんです

から、今晩お邪魔したいと思います。御無礼は大目に見ていただいて」というだけの内容をこれだけ仰々しく書いた挙げ句が「草わかみ」の和歌です。

この歌のまずさは、文章と違って、解説していけば自然と分かるのですが、先ず「草わかみ」は「常陸」（「日経ち」を掛ける）に懸かる枕詞なのでしょうが余り例を見ず、「いかが崎」は河内国の地名で、ここまでが「いかで」を導く序詞、「田子の浦」は言うまでもなく駿河国です。つまり、「何とかしてお会いしたい」という一首の中に、無関係な国を三つ羅列しているわけで、こういうのを専門用語で「本末《もとすゑ》（歌の上の句と下の句）合はぬ歌」と言います。女御の方でもこれにはついて行けなかったようで、さすがに女御本人ではなく代筆してもらったことになっていますが、同じく「本末合はぬ歌」、「ひたちなるするがの海のすまの浦に波立ち出でよ箱崎の松」（「待っているから早くいらっしゃい」の意。「ひたち」「するが」については略。「すま」は摂津国。「箱崎」は筑前国）をからかいのために送ったのですが、当の近江の君はそれが分からなかったという落ちまであります。

私が思うに、これが技巧を多用しすぎてはいけないという理由で、技巧というのは言わば香辛料か隠し味のようなもので、ほんのわずか使えば、歌全体がピリッと引き締まるのでしょうが、使いすぎると近江の君の例のように、空中分解してしまうということなのでしょう。大宮の場合はまだそこまで行っていないと思いますが、その危険性があるということが、あの光源氏の辛口の批評となるのだと思います。

以上、釈迦に説法かもしれませんが、源氏物語を読むと見えてくる、歌の悪い詠み方、「昔ながらのワンパターン」、「技法の使いすぎ」あるいは「言葉の飾りすぎ」、「上の句と下の句がぎくしゃくした歌」の三つについてお話ししてきました。この観点が現代にも通じるものかどうか、例によって私にはさっぱり分かりませんが、作歌の上で何かのお役に立てればと思います。

さて4では、分からないからと言って逃げ回ってばかりいるのも何ですので、「源氏物語屈指の歌詠み」と藤井貞和が言い、私も半ば賛同するところの明石御方の和歌について、私なりに紹介してみることにしたいと思います。

4　歌の名手・明石御方

3で源氏物語における歌の善し悪しについてお話ししましたが、その中で、歌人であり源氏物語研究者でもある藤井貞和の、「源氏物語屈指の歌詠みのひとり」は明石御方だという言葉を紹介しました。そこで4では、明石御方が実際どのくらい名歌を詠んでいるかを、皆さんと見ていきたいと思います。とは言っても、彼女の歌は二十二首もあるので、全てを検討することは出来ません。そのため、誠に勝手ではありますが、私の印象に残った歌を数首、取り上げるに止めたいと思います。

さて、彼女の歌を挙げる前に、彼女の人となりについて簡単に説明しておいた方が良いでしょう。彼女は今で言う兵庫県の明石で成長したのでこの名がありますが、彼女の祖父の大臣は、源氏の父・按察使《あぜち》大納言（按察使は、もとは地方官である受領の仕事をチェックしたりする役職でしたが、源氏物語の書かれた頃はただの名誉職と化し、大納言の筆頭の者が兼務するようになりました。それが按察使大納言。つまり大臣のすぐ下の位）の兄なので、御方と源氏は又従兄弟になります。ただ、彼女の父・明石入道は非常に偏屈で、彼自身の言葉によれば、父大臣の威光により、近衛中将までは順調に出世した（文官と武官が分離している現代では分かりにくいかもしれませんが、これが当時の出世コースです。光源氏も頭中将もやっています）とのことですが、そこで昇進が止まったので、当時住吉明神（大阪にあるのが本社ですが、海神なので、宮崎を含む日本全国に末社はあります。ただし、入道が信仰していたのは本社のようです）を信仰していたこともあり、そのお告げに従って中将の職を捨て、都の貴族よりは遙かに実入りの良い受領に志願したのです。残念ながら今もその傾向はありますが、平安時代は特に、中央官吏が地方に下るなどというのは体の良い左遷で、自分から志願する者など誰もいません（ただし、清少納言の父や菅原孝標のように、元から地方官である人は違います）。つまり彼は名より実を取ったのですが、予言が成就するよう、神のお告げについては一切語りませんので、世間で偏屈と言われる一因となってしまいました。こうして彼ら親子には、任地である「明石」という語が冠されるようになります。残りの「御方」というのは妻の下の位という意味で、親の勝手とは言え、いわゆる受領層に落ちてしまった彼女は、望んでも光源氏の妻になることは出来ません。言ってみれば愛人なのですが、さすがにそう呼称するのは憚られますので、彼女の呼び名は「明石御方」なのです。もっともこれは、私のように私立大出の者が使う呼称のようで、東大系の人は「明石の君」と呼ぶようですが、意味は同じです。

そういうわけで光源氏と明石御方は、身分が全然違いますから、又従兄弟とは言え、本来なら一生会うはずはありませんでした。その二人が出会ったのは、入道の言葉によれば住吉明神のお導きということになるのですが、本当のところは御存知のように、源氏が兄・朱雀帝に対する謀反の疑いをかけられ、須磨・明石に謹慎したからなのです。ここであえて「謹慎」という語を使ったのは、実は本文中には「流された」とは書かれていないからで、こう言うのが適当だという学界の合意はあるのですが、問題はそのとき光源氏は無位無官になったと書かれていることで、これだと流罪になってしまいます。何しろ「源氏」の物語ですから、光源氏にとって都合が悪いことは嘘が書かれているのか否か、今でも議論の続くところですが、とにかくこの「無位無官」というところが明石御方にとっては幸いして、初めて二人は出会えたのです。

それゆえ二人の関係は初めは非常に流動的で、明石御方は、いわゆる現地妻で終わってしまった可能性もあったのです。私も一応現代人ですから、この辺りはさすがに分かりにくいのですが、親の明石入道は、それでも構わないと大乗り気でしたけれども、本人にしてみればそれは堪らないというのは当然で、最初、御方は光源氏を拒否します。そのとき詠まれたのが、私の心に残る一首目の和歌で、

「思ふらん心のほどやややよいかにまだ見ぬ人の聞きかなやまむ」

（あなたは私のことを思ってくださるとおっしゃいますが、その心のほどはどのくらいでしょう。

あなたはまだ私を見られたことがないのに、噂だけでそんなに夢中になれるものでしょうか）

というものです。これが御方が詠んだ最初の歌でもあり、本当はこれよりもう少し下るのですが、初めて御方を見た時の光源氏の感想、

「ほのかなるけはひ、伊勢の御息所にいとようおぼえたり」

（かすかに感じられる気配は、六条御息所に非常に良く似ている）

は、御方の誇り高さを良く示すものであると同時に、この歌の詠みぶりにも如実に表れていると思われるので、一緒に紹介しておきましょう。

ついでに言えば、この六条御息所との類似と、御息所の物の怪が明石一族には一切祟らないという事実を以て、二人は同族なのではないかと推測する説もあるのですが、所詮は作中人物にしか過ぎないのに、物語に書かれていないところまで推測するのは行き過ぎであるとの立場を私は採りますので、普通はこの説には与しないことにしています。ただ[3]でご紹介したように、六条御息所の一首を「此物語第一の歌」と位置づける書があることを思えば、歌の上手さという共通点もあることになり、この説もあながち捨てがたいものとなります。皆さんは自由な立場で、もう一度この説を考えてみられるのも良いかと思います。

さて御方は、それまで光源氏が持っていなかった娘を産んだことによって、危うく現地妻止まりの境遇から抜け出ることとなります。なぜなら摂関時代である当時において、娘の価値は

非常に大きいからです。かの有名な藤原道長がなぜあれだけの権力を掴めたかと言うと、もちろん他の要素もありますが、何と言っても娘が四人もおり、代々の帝に嫁がせることが出来たからで、その証拠に、彼より僅かに一代下る、要するに息子の頼通は、逆に娘がいなかったために、父がせっかく築き上げたその栄光を受け継げず、藤原氏衰退を招いたと言われているくらいだからです。光源氏にはそれまで娘がいませんでしたし、後に判明することではありますが、結局この人にしか娘は生まれませんでしたから、この娘は光源氏にとって言わば切り札で、是が非でも引き取りたい存在だったわけです。そのおまけと言うと女性の顰蹙《ひんしゅく》を買いそうですが、正にそのような感じで明石御方は光源氏の邸に引き取られることになったのです。

しかし、悲しいことに彼女の身分はとても低いですから、母親として彼女が側にいると娘の傷となってしまいます。父親の光源氏も同じ考えで、結局娘は紫上の養女として引き取られ、親子は別れ別れに住むこととなります。こんなことを言うと、同じ邸に住んでいながら何が別れ別れだと思われる方がいるかも知れませんが、何せ光源氏の邸は二万坪、学校三つ分くらいありますから、邸の端と端に分かれれば、全く顔を合わせずに住むことは可能です。この悲しみは、紫上の配慮もあって、娘が東宮（皇太子のこと。現代でも言いますね）と結婚する時に終わりますが、それまでの約八年間、二人は別れて暮らします。私の印象に残る二つ目の歌は、その最初の正月、せめて娘の歌だけでも見せてやろうという光源氏の配慮で、和歌を受け取った彼女の答歌、「めづらしや花のねぐらに木づたひて谷のふる巣をとへる鶯」（＝何と珍しいことか。花咲き乱れる御殿に住んでいるのに、谷の古巣を尋ねてくれた鶯（＝娘）よ）です。

この歌から、離れて暮らす親の切実な歓びを読み取るのは、私だけではないと思います。ただ、昔論文に書いたことがあるのですが、実はこの歌は光源氏に直接見せたわけではなく、光源氏が訪ねてくる時間を見計らって手習いとして散らしておき、自身はどこかに隠れていて後から出てくるという、あざとい演出をしているのは若干引っかかったりはするのです。もっとも物語にはそう書かれてはいず、偶然座を外していたところへ光源氏が来たことになっているのですが、私にはそう見えてしまうのは、次の歌とも関係するからです。

先ほども書きましたように、姫の成人とともに、この悲しい別居は終わるのですが、私がいささか意地悪なのかも知れませんけど、そうなると世間からも「幸《さいわ》い人《びと》」と呼ばれるようになり、明石御方はその幸福に安住するようになります。それを端的に示すのが私の印象に残る三首目の歌で、先ず紫上が、自分の余命が幾ばくもないのを不安がる歌「惜しからぬこの身ながらもかぎりとて薪《たきぎ》尽きなんことの悲しさ」（「薪尽き」るは、『法華経』の中にある、命尽きることの比喩です）を詠んだのに対し、明石御方は「薪こる思ひは今日をはじめにてこの世にねがふ法《のり》ぞはるけき」（「薪こる」は行基が詠んだと伝えられる和歌、「法華経を我が得しことは薪こり菜摘み水汲み仕へてぞ得し」から、法華経に仕える比喩。つまり、紫上が使った死のイメージがある

「薪」を有り難い法華経に取りなした。したがって一首の意味は、「あなたが法華経にお仕えになるのは、今日を始めとして末永く続くことでございましょう」となる）を詠み、花散里は「結びおく契りは絶えじおほかたの残りすくなきみのりなりとも」（＝あなただけでなく皆同じくらいの年齢で余命は少ないのです。でも、あなたと結ばれた私の縁は（死後の世界に行っても）絶えないと思いますよ）を詠んだとあります（正確には紫上は花散里には別の歌を詠んだのですが、論旨には関わらないと思います。巻末の「詠者別作中和歌一覧」を参照してください）。一見どちらも相手を思いやる良い歌のように見えますが、実は明石御方の歌の前には、「心細き筋は後の聞こえも心おくれたるわざにや、そこはかとなくぞあめる」（＝ここで心細いことを言っては後の評判が悪くなるとおもったのだろうか、当たり障りがないように見える）という地の文があるせいか、昔から、「花散里は明石上には変はりて思ひめぐらさず、ただありに良き人也此歌もその心見えたり」（室町時代の源氏物語注釈『弄花抄《ろうか》』の意見）のように見る人はたくさんいます。厳しい言い方をすれば、人間というものは幸せになりすぎると、他者への配慮に欠けるようになりやすく、心の美しさを保つには、或いは美しい心を描くものである文学は、少し不幸でなくては駄目なのだというのが私の持論なのですが、その開陳は追々するとして、最後に明石御方の歌に見られる不思議な点を紹介してみましょう。

それは、彼女がまだ不幸であった薄雲巻で詠まれた、「いさりせし影わすられぬ篝火は身のうき舟やしたひきにけん」（＝明石の漁り火を思い出させるこの篝火は、あの浦の浮舟がここまで追ってきたのでしょうか――どこまで辛い我が身なのでしょう）というものです。やはり不幸な時の方が良い歌が詠めるなどという感慨は置いておくとして、「浮舟」という単語が気になりませんか。もちろんこれは源氏物語に登場する最後のヒロインの名で、彼女も我が身を浮舟に喩えた歌、「橘の小島の色はかはらじをこのうき舟ぞゆくへ知られぬ」（＝宇治川に浮かぶ橘の小島は、常緑樹ばかり生えているので色は変わらないけれども、この浮舟（＝我が身）は、どこへ流れていくか分からない）を詠んだので、そう呼ばれますが、これと同じような歌が明石御方の歌にも存在するということなのです。念のために言っておけば、「浮舟」の歌を詠んだのは、源氏物語でもこの二人だけなので、そこに何らかの関係性が読み取れるのですが、浮舟の話は7のお楽しみということで、5は明石御方と並称される歌の名手・六条御息所の歌を見てみましょう。

5 凄絶な歌・六条御息所

4では、歌人にして源氏物語研究者の藤井貞和が、「源氏物語屈指の歌詠みのひとり」と評する明石御方の歌を見てきましたが、ここでは古く、室町時代の源氏物語の注釈書である『細流抄』が「此物語第一の歌」と言った、「袖ぬるるこひぢとかつは知りながら下り立つ田子のみづからぞうき」を詠んだ、六条御息所の歌を見ていくことにしましょう。彼女の登場期間は明石御方よりずっと少ないので、歌も半分の十一首しかありませんが、それでも全部挙げてしまうとただ歌の解説だけをすることになってしまいそうなので、やはり選んでお話しすることにします。その前に、これも例によって簡単なプロフィールということにしたいのですが、女子大生にアンケートを採ってみても確かにそうですけど、六条御息所というのは、源氏物語の中で現代女性に最も人気のある女性ですので、概ね御存知の方が多いかも知れません。でも、普通の解説書ではなかなか触れられていない部分もありますので、やはりそれから始めることにします。

六条御息所というのは、京の六条に住む御息所の意味でと始めると、何だか当たり前のように思われるかもしれませんが、実は深い意味があります。まず、京の六条とは、北の一条から始まり九条で終わる（現在の京都には十条までありますが、近代になって出来たものです）京都の真ん中よりやや南ということで、一条には今で言う官庁街がありましたから、京でも郊外ということになります。下世話な話で恐縮ですが、今もそうであるように、郊外というのは土地が安く、六条御息所は、後の光源氏の六条院の基になるほど広大な邸に住んでいました。また「御息所」というのは、天皇や東宮（＝皇太子）の妃で、源氏物語の場合はさらに、「子供を産んだ人」を指しますが、六条御息所も御多分に漏れず、前坊（＝前皇太子）妃で、その間に一女・後の秋好《あきこのむ》中宮がいることになっています。この前坊の話をすると長くなってしまうのですが、なるべく簡潔に述べると、光源氏の兄・朱雀が東宮になる前に東宮であった人で、即位することなく亡くなった人（それが「前坊」の意）と推定されています。なぜなら、物語が始まった当初は桐壺帝には東宮がいなかったようで、だからこそ、ひょっとしたら光源氏がなるのではないかと思い、弘徽殿女御は色々と意地悪をするのですが、考えてみればこれは妙なことで、およそ天皇がいるのに皇太子が決まっていないなどということはあり得ません。今の皇太子もそうであったように、天皇が即位すれば、同時にその子（古代では弟の場合もあり、この前坊もそうだと推定されています）が皇太子となるものだからです。したがって、（　）の中に書きましたように、桐壺帝が即位した時の皇太子（厳密には皇太弟）はこの前坊で、六条御息所はその妃で一女までなしたのですが、早く亡くなったために一時的に東宮の座が空位となり、そのとき光源氏が生まれ、すったもんだがあった後、朱雀が東宮に決まったと推定する他ないからです。しかし、残された一女の年齢から考えると、前坊の時代と朱雀が東宮であった時代は重なってしまい、東宮が二人いることもあり得ませんから、結局これは物語の矛盾と考えるしかないのですが、その辺りは笑って許すことにすれば、つまるところ六条御息所というのは、元東宮妃で、現在は京の郊外に広大な邸を持つ未亡人というイメージを喚起する名称ということになります。そんなわけで御息所は光源氏より七歳年長で、そこに光源氏は通うことになるのですが、二人の出会いは実は物語に書かれていません。

もっとも、こういう女性は藤壺・朝顔・花散里等、他にも若干いますから、そういう意味では余り不思議ではないとも言えます。或いは、これら全ての女性との出会いが書かれた「かがやく日の宮」という巻が最初はあったけれども途中で失われたという説もあって、丸谷才一が同名の小説を書いたりしていますが、通説ではそれは存在しないことになっていますので、ここでも採らないことにします。ただ、他の女性と違って、第三十二巻・梅枝《うめがえ》を読めば、思い出話という形で、六条御息所は非常に書が上手だったので、光源氏はそれに惹かれ、通うようになったことが分かります。したがって御息所は、名称が持つイメージ、出会いのきっかけ、どちらから言っても、源氏物語には珍しく、光源氏より立場が上ということになります。そのためか、御息所の歌は八割近くの七首が贈歌と、当時の女性としては珍しい傾向を示しますが、内容は逆にすがるような歌が多いのです。今回のタイトルを「凄絶な歌」とした所以ですが、それは御息所のもう一つの特殊性、物語に登場した時には既に光源氏との仲が阻隔していたと語られることと関係すると思われます。その理由はただ一言、第四巻・夕顔に、「なかなかお受け入れにならないご様子だったのを、やっと思いどおりになびかせ申して後、うって変わってなおざりのお扱いというのではおいたわしいことではある」としか語られていないので、はっきりとは分かりませんが、とにかく、最初は立場が上で女がリードしていたはずなのに、いざ結ばれてしまうと逆転されてしまったという、良くあるパターンを辿ってしまったと思えば良いでしょう。御息所の最初の歌である「影をのみみたらし川のつれなきに身のうきほどぞいとど知らるる」（＝影を宿しただけで流れ去る御手洗川のような君のつれなさゆえに、その姿を遠くから拝したわが身の不幸せがいよいよ身にしみて分かってきます）にも、それが良く表れていると思います。

これは有名な「車争い」の直後に詠まれたもので、実は独詠歌なのですが、それが独詠になってしまった理由がまた凄絶です。「車争い」は、葵祭に伴って交替した新斎院の行列のお供に光源氏が選ばれることから始まるのですが、夫、或いは愛人の晴れ姿が見たい光源氏の正妻・葵上と御息所の車が鉢合わせしてしまいます。もちろん御息所は愛人らしく、その正体を隠してはいたのですが、葵上方にはすぐに見破られ、ここぞとばかりに嫌がらせをされ、車をぼろぼろにされた上に、光源氏の姿がやっと見える程度の奥へ押しやられてしまいます。恥をかかされた御息所は、すぐにも帰りたかったのですが、祭りでごった返す都大路を進むことも出来ず、ぼろぼろの姿のまま、それでも愛する光源氏が通りかかると悔し涙を流しながら見ます。ところが光源氏の方は全く気づかなかったので、この歌は光源氏に伝わらず、独詠歌となってしまうわけなのです。

歌の技巧は、先ず古今集の歌「ささの隈檜《くまひ》の隈川に駒とめてしばし水かへ影をだに見む」（＝檜の隈川（＝奈良県明日香村付近を流れる小川）のほとりにあなたの乗馬を止めて、しばらく水を飲ませてやってください。せめてお帰りになるあなたの後ろ姿なりと見たいので）を踏まえ、光源氏の後ろ姿なりと見たい気持ちを表すのですが、肝腎の光源氏は影を映した、即ちちらっと見えただけで去っていく。その辺りの機微を、「御手洗川」（＝神社の鳥居付近を流れる浄めの小川。したがって普通名詞です。現在は水道になっていますが）の「御」に「見」を掛け、さらに「浮き」と「憂き」という典型的な掛詞を用いて、「影」「川」「浮き」を縁語とすることにより表しています。こうした技巧も、さすが御息所といったところですが、それにもましてその内容、何やらジンときませんか。そしてこの次が、光源氏にこの気持ちを訴えた、本稿冒頭の和歌となりますが、これは既に3で解説してありますので、ここでは割愛することにします。

さて内容の凄絶さでは、物の怪になった時の御息所の歌も忘れることは出来ません。謡曲にもなっているので御存知かと思いますが、この御息所は、物語の中で物の怪になる、しかもそれは生き霊と死霊の二回であるという点でも特異な人物です。生き霊になるのはこれらの歌の直後、光源氏の子を宿した葵上に恨みを募らせたからです。御息所の物の怪は執念深く、祈祷されてもなかなか正体を現さないのですが、光源氏までが一心に祈ったので、とうとう根負けして出現した時の歌が、「なげきわび空に乱るるわが魂を結びとどめよしたがひのつま」（＝嘆きのあまりに身を抜け出て空にさまよっている私の魂を、下前の褄《つま》を結んでつなぎとめてください）というものです。

これも歌の前提として、「思ひあまり出でにし魂のあるならむ夜深く見えば魂結びせよ」（＝あなたを恋しく思うあまりに、私の体から出て行ってしまった魂があるのだろう。夜更けに見えたら魂結びのまじないをしなさい）という、『伊勢物語』の歌を知らねばなりません。この両歌に出てくる「魂結び」とは、平安時代に一般に信じられていたもので、特に『伊勢物語』の歌にあるように、あまりに人を恋しく思うと、魂が体から抜け出てしまう。それを戻すには魂を見た者が、着物の前を合わせた内側になる部分（＝下前）の下の角（＝褄）を結ぶ必要があり、それが「魂結び」なのですが、御息所の場合は、それを光源氏にやってほしいと懇願する歌なのです。凄絶と言った意味がお分かりいただけたでしょうか。御息所が亡くなり死霊となると、これがさらにすさまじくなります。

御息所の死霊が現れるのは光源氏の晩年（と言っても四十七歳ですが）、紫上が病となった時です。死霊自身の言葉によればこれは、光源氏がその前に、女三の宮という新しい光源氏の妻の出現により憔悴《しょうすい》していた紫上を慰めるため、昔の女性の思い出を話し、結局紫上が一番であること（裏返せば、それらの女性達が如何につまらなかったか）を強調したことが不満で現れたということですが、その時の歌が、「わが身こそあらぬさまなれそれながらそらおぼれする君は君なり」（＝私の身は、今は昔と変りはてた姿となってしまいましたが、昔そのままにそらとぼけていらっしゃるあなたは、昔のままのあなたです）というものです。

これまでの歌と比べれば格段に分かり易いと思いますが、「昔と変りはてた姿」というのが、一般的に使う老いさらばえた姿などではなく、物の怪になってしまったことを言うと考えれば、これが如何に凄絶かお分かりになるでしょう。しかも、御息所の死霊が次に、しかも最後に登場する女三の宮の出家場面では、もはや歌などは残さず、「それ見たことか。まったくうまく取り返したと、紫上お一人についてはお思いだったのが、じっさい悔しかったので、この宮のおそばにさりげなくやってきて、この数日とりついていたのですよ。もうこれで立ち去ることにしましょう」と言って、からからと笑ったということを知っている身としては、なおさら凄まじく思われるのです。

先にも言いましたように、御息所は物の怪となる特異な人物ということで、いささか恐ろしい面を強調しすぎたかもしれません。最後にもう少しおとなしい歌も紹介すれば、「鈴鹿川八十瀬の波にぬれぬれず伊勢まで誰か思ひおこせむ」（＝鈴鹿川の八十瀬の川波に私の袖が濡れるか濡れないか、いったいどなたがはるばると私の行く先の伊勢まで思いやってくださるというのでしょうか）というのが、第十巻・賢木《さかき》（＝榊）にあります。これは、京にいられなくなった御息所が伊勢に下る途中、後悔しないかという光源氏の歌を貰ったことに対する返歌です。御存知のように、鈴鹿川は伊勢神宮近くを流れる川で浅瀬が多い故このように詠んだのですが、物の怪の時も含め、御息所の歌には心からの絶唱が多いのがお分かりいただけましたでしょうか。『細流抄』が「此物語第一」と言った所以でしょうが、6では源氏物語千年紀にちなんだ歌を取り上げてみましょう。

6 源氏物語千年紀

ここでは「源氏物語千年紀」にちなむ和歌についてお話ししましょう。と言うのは、この原稿を書いていた二〇〇八年は、源氏物語が歴史上に現れてちょうど千年なので、「源氏物語千年紀」と呼ばれていたためで、今回書籍化するに当たり、かなり古い話題なので、いっそのこと切ってしまおうかとも思ったのですが、武蔵野書院主の前田智彦氏に、「そのエピソードを知らない人は多いので、ぜひ残してください」と依頼されたからです。先ほどの「歴史上」とは、作者自身の日記である『紫式部日記』の次のような記述です。

左衛門の督《かみ》、「あなかしこ、このわたりに、わかむらさきやさぶらふ」と、うかがひたまふ。源氏に似るべき人も見えたまはぬに、かの上は、まいていかでものしたまはむと、聞きゐたり。

（左衛門の督《かみ》（藤原公任《きんとう》）が、「失礼ですが、このあたりに若紫はおいででしょうか」と、几帳の間からおのぞきになる。源氏の君に似ていそうなほどのお方もお見えにならないのに、ましてあの紫上などがどうしてここにいらっしゃるものですかと思って、私は聞き流していた）

少し説明しておきますと、この日（寛弘五（西暦一〇〇八）年十一月一日）は、紫式部の仕えていた中宮彰子《しょうし》の初めての男の子・敦成《あつひら》親王（後の後一条天皇）が生まれて五十日目のお祝いの日（当時はこれを「五十日《いか》の祝」と呼びます）でした。今ではお七夜とお食い初めくらいしか、新生児の祝いはしないと思いますが、乳幼児の死亡率が高かった平安時代は、三、五、七、九と、奇数の日に先ず祝いを行い（陰陽五行説では、偶数よりも奇数の方が縁起が良いため）、九日の次が五十日で、百日（これを「百日《ももか》の祝」と言います）を過ぎればまず大丈夫ということで、次からは一年ごとに祝っていきます（旧暦（全員一月一日に年を取る）ですので、「誕生日」という概念はないようですが、全く意識していなかったわけでもないらしいことは、やはり源氏物語から読み取れます。例えば光源氏の四十の賀は、四人の人が一年かけて次々に祝っていくのですが、月が違えど全員二十三日に行っているので、この日が源氏の誕生日ではないかという説があります）。五十日はまだ百日には足らないのですが、ここまで過ぎればまず安心という考え方もあったようで、平安時代のどの作品を見ても、五十日の祝は百日の祝よりも詳細に描かれる傾向があります。

ましてや初孫であり、兄たちの早逝によって幸運にも政権をつかんだものの、中宮定子には既に一条天皇の長男・敦康《あつやす》親王がおり、いつまた逆転するとも限らないという恐怖に十年も脅えた彰子の父・道長の喜びはいかばかりであったかは、察するに余りあります。その想像通り、その日は大宴会となるのですが、振る舞い酒にいささか酔った藤原公任が、ふらふらと紫式部のもとにやってきたのが、先ほどの場面となるわけです。

　ここで公任という人についても一言しておけば、彼の父は関白太政大臣頼忠で、娘たちに皇子が生まれなかったため、次の代で道長たちの父・兼家に政権を取られてしまい、この時はやや落ち目だったのですが、世が世なら彼のところに政権が回ったかもしれず、周囲に一目置かれている人でした。彼自身も万能の天才を誇り、今でも広辞苑などに「三船《さんせん》の才」または「三《さん》舟《しゅう》の才」という言葉として載せられています。それは『大鏡』に載るエピソードで、道長の大堰川の紅葉狩りの際、趣向の一つで、和歌の舟・漢詩の舟・管弦の舟を浮かべ、集まった貴族たちを各々得意とする舟に乗せ、そこで一番になれば賞品を出すことにしたのですが、公任はどれも得意なので自分で選ばせたところ、たちどころに和歌の舟を選び、予想通り優勝したのですが、その時の科白が振るっていて、「しまった、漢詩の舟に乗れば良かった。それで優勝した方がいっそう名が上がったのに（当時、和歌より漢詩の方が尊ばれていたため）」というのです。それゆえ、後に権大納言に出世した彼は、尊敬を込めて、一条朝の四人の有能な大納言・四納言《しなごん》と呼ばれるようになるのですが、天才は天才を知ると言いましょうか、清少納言とも仲が良かったのですけれど、ここでは紫式部のもとに来たわけです。

　一読した紫式部はとりつく島もない反応をしています（これは、当時推定三十九歳であった式部に対して、「若紫」という言葉はからかいとしか思われず、いささかカチンと来たからでしょう。そでも日記にわざわざ書き残したということは、その公任が自分の作品を読んでいてくれたのは、やはり何となく誇らしかったからでしょう。

最初に述べたように、これが「源氏物語千年紀」の由来ですが、残念ながら、これには和歌は含まれていません。しかしこのあと紫式部は、これもしたたか酔った道長に袖を捉えられ、「お祝いの和歌を一首詠め。そうしたら許してつかわそう」と言われて詠んだ歌がありますから、先ずはそれから始めることにしましょう。

それは、

「いかにいかがかぞえやるべき八千歳のあまり久しき君が御代をば」

（幾千年にも余るあまりにも久しい若宮さまの御代をば、どのようにして、数えあげることができましょうか、いいえ、けっしてできません）

というもので、お気づきのように「いかにいかが」の部分に「五十日」を掛け、「あまり」も「八千歳のあまり」と「あまり久しき」の両方を兼ねた、なかなか機知的な歌です。もっとも、『伊勢物語』第九段の有名な歌、「からころも着つつなれにしつましあれば〜」の歌もそうなのですが、こうした機知的な歌は決してとっさに詠まれたわけではありません。だいたい五十日の祝に和歌が求められるであろうことは、当時としては当然予測されることで、そういう場に臨むのに前もって準備をしていない人がいるわけがないからです。ですから、好意的に見れば道長は、酔ったふりをしてその和歌を発表する場を式部に与えたのかもしれません。諸種の記録を読む限り、道長をいい人と言い切ることはとても出来ませんが、そうした細かい気配りが出来る人なのは、間違いないような気がします。こうでもしないと、せっかく準備した歌が無駄になってしまいますものね。

その道長も、この歌はなかなか気に入ったようで、二度ほど口ずさんだとありますが、即座に次のような歌を返します。それは、

「あしたづのよはひしあらば君が代の千歳の数もかぞへとりてむ」

（わたしに千年の寿命を保つという鶴の齢さえあったら、若宮の御代の千年の数も数えることができるだろうよ）

というもので、図らずも「千年」という数字が踊っていますが、こちらの方は、式部の歌を聞いてからでないと作れないので、間違いなくとっさに作ったものと言えます。これは、「あれほどひどく酔っておられても、いつも気にしてらっしゃる若宮のことだから（詠めたのであろう）」と式部も書いていますが、もちろんそれと、道長の頭の回転の速さを良く物語っていると思います。平安時代で最も偉大な政権を作り上げた人は、やはり伊達ではありませんね。

その道長、と言うか、『蜻蛉日記』の作者・道綱の母の夫・兼家から始まるこの一族が、み

な冗談好きであったらしいことは、『蜻蛉日記』、『枕草子』等からも知られます。道長もその例外ではなかったことは次に紹介する、源氏物語の作者が紫式部である証拠の一つとしてあげられる『紫式部日記』の有名なエピソードからも窺えます。

源氏の物語、御前にあるを、殿の御覧じて、例のすずろごとども出できたるついでに、梅のしたに敷かれたる紙にかかせたまひける。

すきものと名にし立てれば見る人の折らで過ぐるはあらじとぞ思ふ

たまはせたれば、

「人にまだ折られぬものをたれかこのすきものぞとは口ならしけむ

めざましう」と聞こゆ。

これは冒頭の記事の翌年のことですが、源氏物語が中宮様の前にあったのを道長殿が御覧になって、いつもの御冗談を言われたついでに梅の実の下に敷かれていた紙に、「そなたは浮気者ということで評判になっているから、見る人が自分のものにせずそのままに見すごしてゆくことは、きっとあるまいと思うのだが」という歌を書かれたというのです。

ところで、源氏物語の原本は、さすがに千年の時の流れに負け、残っていないということを御存知でしょうか？　では、いま私たちが読んでいる源氏物語は何かと言うと、それを鎌倉時代初期に書き写したという、いわゆる写本を元にしているのです（正確には、その本も全巻は残っていず、それをさらに室町時代に写したと言われるものによっているのですが、これも御存知のように、二〇〇八年に鎌倉時代の中期まで遡る写本が発見されましたから、今後は変わるかもしれません）が、その写本にはどれも作者名は記されていませんし、そもそも平安時代には、物語に作者が署名するという習慣がありませんでしたから、たとえ原本が発見されても作者の特定は無理だと言われています。

では、なぜ作者が分かっているかと言うと、それはこれまで紹介してきた『紫式部日記』のエピソードからの類推によっているわけなのです。若くもない紫式部が「若紫」と呼びかけられるのも、偶然中宮の前にあった源氏物語から、紫式部が「すきもの」と呼ばれるのも、もし紫式部が源氏物語の作者でなかったら、いわれのないことですものね。

歌の話に戻りますが、御存知のように梅の実は酸っぱいものですから、それに引っかけて、源氏物語作者の式部を「すきもの」と呼ぶのも、なかなか機知のあることです。でもそれに対する式部の歌の方がもっと振るっていて、現代語に訳すと、「私はまだどなたにもなびいたことはございませんのに、いったい誰が、この私を浮気者などと言いふらしたのでございましょうか」となってしまうので、かえって不明瞭になってしまいますが（それが、やはり原文で読まないとダメという理由です）、「口ならし」は「口慣らし」（＝言い慣れる、この場合は言いふらす）と「口鳴らし」の掛詞。誰でもそうすると思いますが、酸っぱいものを食べると、思わず

「ちゅっ」と口を鳴らしますでしょ？すなわち、梅を食べて思わず口を鳴らすことと掛けているわけです。なかなか傑作だと思いませんか？

道長と違って、紫式部は余り冗談が通じるタイプとは思えませんから、どのくらいジョークの気持ちがあったかは分かりませんが、こう言われてしまえば、いかにその後、「心外ですわ」と言われても、それほど目くじら立てているようには見えませんので、角が立つことはなかったと思われます。

このように、当時は洒落と言うか、当意即妙の歌が重んじられ、特に道長はこういう和歌を好んだようですから、このような場面が多く描かれているのでしょう。今もこのような詠み方が受けるのかどうか、例によって私には分かりませんが、よく外国の方から、「日本人はジョークが分からない」と言われますから、このような感覚は失ってほしくなかったとは思います。「千年紀」とは言え、それを正面から詠んだ歌はありませんから（もっとも、私が知らないだけで、現代歌人が詠んでいるかもしれません）、本節は周辺の歌の紹介になってしまいましたが、楽しんで頂けましたでしょうか？ 7 では元に戻って、浮舟の詠んだ和歌の話をしたいと思います。

7 手習の君・浮舟

浮舟は源氏物語に登場する最後のヒロインですが、その詠んだ和歌の多さは、光源氏・薫・夕霧に続き第四位となります。最初の二人は、源氏物語の主人公なのだから当然で、夕霧も、主人公にこそなれませんでしたが光源氏の息子なのですから、これまた当然とも言えます。ところがヒロインの中では、紫上、明石御方など、浮舟をしのぐ登場期間を持つ者は少なくないのですから、これは意外な現象と言えます。

その理由についてはいくつか考えられるのですが、一番分かりやすいのは、タイトルにもしましたように、源氏物語の古注釈（明治以前に書かれた注釈書群を言います）では、浮舟が「手習の君」とも呼ばれることでしょう。「手習」とは習字のことで、私、書道が苦手なもので、或いは間違っているかもしれませんが、今の習字はたいてい単語を書くと思います。ところが平安時代の「手習」は、ほぼ和歌で練習するのです。今も草書体として伝わる、続け書きが正式だったので、その練習のためでしょう。この「和歌」というのは、一般的には有名な古歌、すなわち既存のものを使うのですが、自作のものでも良いことになっています。浮舟の場合は後者が多いので、自然と歌が多くなってしまうのです。

ではなぜ浮舟は手習ばかりするのか。それは小野という、話し相手もろくにいない見知らぬ土地に暮らして、他にすることもなかったからなのですが、ここまでお話しして、彼女がなぜそのような境遇に陥ったか、知らない方もいるのではと思い当たりました。それではいつものように、彼女の出自からお話を始めることにしましょう。

浮舟は父・八の宮、母・中将の君の間に生まれた一人娘です（後述のように腹違いの姉妹はいます）。「八の宮」というのは、文字通り八番目に生まれた宮様のことですが、兄弟の少ない現代ではいざ知らず、平安時代では八人兄弟というのは珍しくありませんでした。ですからもう少し説明しておくと、この場合の八の宮というのは、光源氏の父・桐壺帝の八番目の息子ということで、光源氏は次男ですから、つまり弟ということになります。兄弟がたくさんいれば、仲のいい人、悪い人が出来るようで、宮様ですから、おっとりしていますので、当人の意志というわけではなかったのですが、光源氏とこの八の宮は、どちらかと言うと仲が悪い方でした。

それと言うのも、桐壺帝の皇太子は光源氏の兄である朱雀と、光源氏が小さいうちに決まってしまいましたが、源氏物語のお約束では、譲位と引き替えに、帝は自分の好きな人を次の皇太子に指名できることになっており、桐壺帝の場合は、朱雀に位を譲った時に、その後継者として、世間的には朱雀の弟（実は光源氏の子供）・十の宮となっている冷泉を指名し（すなわち、朱雀自身の子供は冷泉の次ということになります）、その後見役として光源氏を抜擢したのです。ところが桐壺帝の死後、光源氏も失脚して須磨に下るという事件が起き、朱雀の母・弘徽殿女御一派が、この機会に光源氏勢力を一掃してしまおうということで、十の宮の皇太子を廃し、兄である八の宮をその座に据えようと画策したのです。けれども光源氏は須磨から返り咲いたので、結局この計画は頓挫してしまい、政争に巻き込まれた形の八の宮は、自邸が火事で焼亡してしまったこともあり、別荘のある宇治へ引退を余儀なくされたのです。

しかし束の間の安息もあり、八の宮はそこで、大君《おおいきみ》と中の君という二人の娘に恵まれたのですが、北の方は中の君を産んだ後の肥立ちが悪く、亡くなってしまいます。俗聖《ぞくひじり》とあだ名される八の宮は、普通は謹厳実直なのですが、最愛の北の方を亡くしたために魔が差したのか、淋しさを紛らわせるためにその妹である中将の君に手を出したのだと説明されています。こうして生まれたのが浮舟なのですが、浮舟親子には気の毒なことに、八の宮は浮舟が生まれると途端に後悔し、認知もしませんし、中将の君を妻とすることもありませんでした。悲観した中将の君は、浮舟を連れて八の宮のもとを去り、常陸の介という裕福な受領（介は次官なのですが、常陸は守が親王という特別の国で、親王は通常任地に下りませんから、実質的には介が長官となるので裕福なのです）と再婚したために、長らく京にいなかったのですが、そのままでは娘が田舎で埋もれてしまうので、八の宮亡き後、中の君を頼って京に戻り、そこでたまたま最愛の恋人・大君を亡くして悲しんでいた薫と出会うのです。
腹違いとはいえ姉妹である大君と浮舟は瓜二つで、身代わりを捜していた薫は喜んで引き取りますが、薫のライバルである匂宮も浮舟に目をとめ、三人は三角関係に陥ります。現代では先ず考えられないことですけど、浮舟はそれを精算するため宇治川に入水しようとしましたが果たせず、一時的な記憶喪失となっているところを横川《よかわ》の僧都《そうず》という人に助けられ、小野に住むその妹尼のもとに引き取られるのです。こうして浮舟は、先に述べましたように、誰一人知る者とてない小野の地でしばらく暮らすことになり、手習の歌を詠みふけるのですが、源氏物語のもう一つのお約束に「手習歌は詠み手の無意識を表明する」というのがあります。それは例えば次のようなものです。

はかなくて世にふる川のうき瀬にはたづねもゆかじ二本《ふたもと》の杉
と手習にまじりたるを、尼君見つけて、「二本は、またもあひきこえんと思ひたまふ人あるべし」と、戯れ言を言ひあてたるに、胸つぶれて面赤めたまへるも、いと愛敬づきうつくしげなり。
（手習巻。以下同じ）

これは、浮舟の記憶が戻ってしばらくした頃。二度とあの三角関係に戻りたくない浮舟は、記憶が戻っても、それとは周りに知らせずに暮らしていましたが、亡き娘の代わりに、奈良の初瀬観音の導きで浮舟と巡り会ったと信ずる妹尼は、浮舟をお礼参りに誘います。ところが自分も幼い頃から同じ観音を信じてきた浮舟は、その御利益もなく、現在の苦境に陥ったと思っていますから、少しでも人に見られたくないという思いもあり、きっぱりとそれをことわります。それが先ほどの歌で、意味は、「こうして頼りない有様でこの世に生き長らえている情けない身の上なのだから、わざわざ初瀬川の二本の杉を尋ねていこうとは思わない」です。しかしこの歌は、浮舟もやはり平安貴族であるためか、知らず知らず古今集の歌「初瀬川古川の辺に二本ある杉　年を経てまたも逢ひ見む二本ある杉」を踏まえており、下の句が暗示するように、この歌は再会したい人がいるという意味ですから、浮舟の歌も、尼君が解釈したように、「再会したい人がいる」意味を自ずと含み込むことになります。

この「二本の杉」は、初瀬川の岸辺に現在もあるらしいのですが、私が行った時には、あいにく工事中で入れず、その後も行けていませんので、今も悔いが残りますけど、ものの本によれば二本一対の杉のようで、そこから「再会したい人がいる」という話になるのです。室町時代の貴族・一条兼良《かねら》が書いた源氏物語の古注釈書『花鳥余情』によれば、「二本」は薫と匂宮の二人を指すということになるのですが、先ほどの話からすれば、二本の杉の一本一本がそれぞれ一人を指すのでしょうし、もとより「三人の再会」というのは穿ちすぎだという意見が大勢を占めていますから、ここでも『花鳥余情』の説は採りませんが、たとえ薫であれ匂宮であれ、浮舟の胸には再会したい人がいないわけではないことは、「胸つぶれ面赤めたまへる」から分かります。

これらにより、源氏物語の手習歌には詠み手の無意識が表明されると解説されてきたのですが、長々と説明してきましたように、それはどうも誤りなのではないかと思います。というのは、浮舟の無意識が明かされているのは、歌というよりその後の地の文と思われるからです。

これがいわゆる私の説で、自説を押しつけるつもりはないのですが、やはりこだわりはあるのでもう一つ証拠を挙げましょう。

思ふことを人に言ひつづけん言の葉は、もとよりだにはかばかしからぬ身を、まいてなつかしうことわるべき人さへなければ、ただ硯に向かひて、思ひあまるをりは、手習をのみたけきことにて書きつけたまふ。

「亡きものに身をも人をも思ひつつ棄ててし世をぞさらに棄てつる

今は、かくて、限りつるぞかし」と書きても、なほ、みづからいとあはれと見たまふ。

限りぞと思ひなりにし世の中をかへすがへすもそむきぬるかな

同じ筋のことを、とかく書きすさびゐたまへるに、中将の御文あり。

場面は、先ほどの箇所から少し進んだところ。あくまで亡き娘と浮舟を同一視する妹尼（この辺り、薫も妹尼も変わらないので、誰かの身代わりとされるのが浮舟の運命だとする説があります）は、遂には、この引用文末尾に出てくる、亡き娘の夫であった中将と浮舟が結婚することを望むようになります。しかし、男女の関係に懲りてしまった浮舟は、妹尼が先ほどの初瀬参詣に行った留守に、たまたま立ち寄った横川の僧都に頼んで出家させてもらいます。妹尼にすら心を許していないのに、その人が留守の今は、まして「なつかしう」（＝しみじみと）事情を話せる人もいないので、浮舟はまたしても手習三昧となり、それが二首の歌なのですが、意味は訳すほどの難しさではないと思います。二つとも「同じ筋のこと」（＝同じような意味）で、（入水をはかったことにより）一度は棄てたこの世を、今再び（出家により）棄ててしまったよ、というものですが、これは無意識と言うより、繰り返していることから、なおこの世を諦めきれない自分（それが、歌の間にある「なほ、みづからいとあはれと見たまふ」という地の文）に対して、諦めるよう言い聞かせているように見えます。言ってみれば、自動する「なほ、みづからいとあはれ」という思いに、二つの手習歌で蓋をして押さえつけようとしているといった趣で、これでは手習歌は、無意識と言うより強い意志を示していると言えるでしょう。

つまり、手習歌に無意識が表明されるというのは実は間違いで、本当は、手習歌とその後の地の文の協同によって人の心の立体性が示されるのであり、そのあわいから詠み手の無意識が立ち上ってくるというのが私見なのですが、如何でしょうか。和歌に多大な興味を持たれている本書の読者の皆さんには申し訳ありませんが、今回は和歌が如何に優れているかという話ではなく、和歌と散文の協同により如何に高度な表現が可能になってくるかというお話で、その段階に到達しているのが、浮舟の手習歌であるというのが結論なのですが、お気に召していただけたでしょうか。

ただ、御存知のように、平安時代の物語というのは、どれも散文だけでなく、和歌が含まれるものですから、当時の人は、その「協同」ということも考えていたのではないかと思います。皆さんも和歌を詠まれる時、そのようなことを考えられても面白いのではないでしょうか。

さて8では、再び和歌中心の話に戻り、作者紫式部の意外な一面ということで、源氏物語に多く引用されているのはどんな歌かというお話をしてみましょう。

8 紫式部の好きな歌

7では源氏物語に登場する最後のヒロイン浮舟の歌、手習歌のお話をしました。もちろん、取り上げた人物の方が少ないのですが、これで一応、源氏物語の最後まで行ったことになります。そこで二巡目は何からお話しするかですが、1でお話ししたように、源氏物語には勅撰集並みの、七百九十五首という多数の和歌が含まれているのは事実なのですが、すべて皆様のお役に立つものかどうかは、私の「和歌力」の不足もあって良く分かりません。有り体に言えばネタに困ってきたわけで、この連載をお引き受けした時から、いつかはこの日が来るのは覚悟して、テーマも、「源氏物語の和歌」とするとその七百九十五首しか使えませんから、もう少し範囲を広げようと、「源氏物語と和歌」にしたのですが、連載が進むにつれ、自分でもそれを忘れかけておりました。そこで今回は、初心に返るというわけでもありませんけど、その思いを生かすことにして、「源氏物語の和歌」から少し離れてみることにしましょう。

そうは言っても、全く関係ない話をするわけでもありません。皆さんは、本歌取りという技法についてはよく御存知でしょうけど、あれを確立したのは藤原定家で、それ以前は、用語としてはないことになっています。しかし、本書でも何度か「踏まえて」という曖昧な表現を使ってきたように、技法自体は『万葉集』からありました。特に、源氏物語は、地の文までも和歌的技法を用いますから、そういうものを、専門用語では「引歌表現《ひきうた》」と言います。例えば、次に掲げる、第四十八巻・早蕨《さわらび》の冒頭のようなものです。

藪《やぶ》しわかねば、春の光を見たまふにつけても、いかでかくながらへにける月日ならむ、と夢のやうにのみおぼえたまふ。ゆきかふ時々に従ひ、花鳥の色をも音をも、同じ心に起き臥し見つつ、はかなきことをも本末を取りて言ひかはし、心細き世の憂さもつらさも、うち語らひあはせきこえしにこそ、慰むかたもありしか、をかしきこと、あはれなる節をも、聞き知る人もなきままに、よろづかきくらし、心一つをくだきて、宮のおはしまさずなりにし悲しさよりも、ややうちまさりて恋しくわびしきに、いかにせむ、と明け暮るるも知らずまどはれたまへど、世にとまるべきほどは限りあるわざなりければ、死なれぬもあさまし。

ここは、源氏物語の巻の冒頭の中でも最も引歌表現の多い箇所なので、傍線を付したように、この短い文章の中でも三箇所も見られます。まず冒頭は、古今集八七〇番歌・布留今道《ふるのいまみち》の、「日の光藪しわかねば石上古りにし里に花も咲きけり」(=太陽の光は草藪でもどこでも差別なく注ぐものですから、今では「古き都」となっている石上《いそのかみ》にも、おかげで花が咲いたのでした)を踏まえて、前々巻の椎本《しいがもと》で父・八の宮、前巻の総角《あげまき》で姉・大君と死に別れ、この世に一人となってしまった中の君のもと（それが古今集にある「古りにし里」に該当します）にも変わらず春は訪れたことを読者に感じさせます。次いで二つ目の傍線で、後撰集一一一二番歌・藤原雅正《まさただ》の、「花鳥の色をも音をもいたづらに物憂かる身は過ぐすのみなり」（＝物憂い我が身は、花の色や鳥の音とも関わりなく、空しく日を過ごすばかりです）を匂わせることによって、そうは言っても取り残された中の君は、呆然と日を送るばかりであることを、これまた読者に示します。そして三本目の傍線で、古今六帖二〇九七番歌「世の中の憂きもつらきも悲しきも誰にいへとか人のつれなき」（意味はもうお分かりでしょう。誰かつれない人がいるわけです）を想起させることによって、置いて行かれた中の君の寂しさを表しているわけです。

これらの感情は地の文にもちゃんと描かれていますし、もちろんこれらの歌が思い浮かばない人には端《はな》から分からない表現です。しかし、いやしくも平安貴族たるもの、ここに挙げた古今集・後撰集・古今六帖等の歌集は当然そらんじていますから、分からない人はおそらく当時はいなかったでしょうし、そういう人たちには、ただ地の文で単線的にこれらの感情を語るよりも、複線的な奥行きを持って、人の心の綾というものが感じられたことでしょう。これが7で述べた、浮舟の手習歌にも現れていた、本来立体であるはずの人の心を、どうやって単線である文章で表すかという技法と同じものである気がしますが、では源氏物語で用いられている引歌で、最も数が多いのは、誰の歌であるか皆さん御存知でしょうか？

これを発見したのは残念ながら私ではなく、もはや全ての大学を停年で引かれ、現在は大阪にある逸翁《いつおう》美術館館長の伊井春樹先生です。伊井先生は、源氏物語に関することでは、ほぼ全てのことについてのオーソリティーなのですが、特にこの引歌表現の御研究では、右に出る者はいないと言っても良いでしょう。研究者は誰でも、伊井先生の『源氏物語引歌索引』か、『CD-ROM源氏物語』のお世話になっていると思いますが、それによると源氏物語最多の引歌は、後撰集一一〇二番歌・藤原兼輔《かねすけ》の、「人の親の心は闇にあらねども子を思ふ道にまどひぬるかな」（＝親の心は、闇というわけでもないのに、他のことは何も見えなくなって子を思う道にただ迷ってしまっております）が二十六回で、ダントツになっています。それは例えば、次に掲げる桐壺巻のように使われます。

「～人のそねみ深く積もり、やすからぬこと多くなりそひはべりつるに、横さまなるやうにて、つひにかくなりはべりぬれば、かへりてはつらくなむ、かしこき御心ざしを思ひたまへられはべる。これもわりなき心の闇になむ」と、言ひもやらず、むせかへりたまふほどに、夜もふけぬ。

これはかなり有名な場面なので、御存知の方も多いと思いますが、桐壺更衣亡き後、弔問に帝が靫負命婦《ゆげいのみょうぶ》を遣わすところです。更衣の母は、帝が御寵愛くださったのは有り難いけれども、それによって娘が他人の恨みを負って死んだと思うと、その御寵愛がかえって恨めしい。しかし、帝に対してそんな思いを抱くのは畏れ多いので、これも娘を亡くした惑乱から生まれ出た気持ちでという具合に言う（そしてそれを読者に十分納得させる技法として使われる）のですが、子を持つ親なら、誰でも思い当たる気持ちを詠んだ歌ではないでしょうか。けれど、源氏物語を書いた時、自身も一女の母であった紫式部が、特にこの歌を好んだ理由は、どうもそうではなさそうなのです。

藤原兼輔と言えば、賀茂川の堤のところに広大な邸を営んだことから堤《つつみ》中納言とあだ名され（ただし、『堤中納言物語』とは、全く関係がないようです。念のため）、百人一首にも、「みかの原わきて流るる泉川いつみきとてか恋しかるらむ」が採られる、平安前期の大歌人でもありますが、紫式部が好んだのはそういうところでもなく、もっと個人的理由からであるようです。と言うのは、実はこの兼輔、紫式部の曾祖父にあたる人なのです。

紫式部の本名は、藤原なんとか子（香子《たかこ》という説もありますが、学界で広く認められるところまでは至ってません。ちなみにこの時代の貴族女性の名は、みな最後が「子」で終わりますから、「なんとか子」であることだけは間違いありません）ですから、二人に血縁関係があっても、さほど不思議ではないかもしれませんが、御存知のように、平安時代の貴族のほとんどが藤原姓ですから、そう単純なものでもありません。言ってみれば、藤原氏の中に、摂関にもなれるピンから、そんなものはとうてい望むべくもないキリまであるのですが、残念ながら紫式部の家系は、そのキリの方でした。ですから、紫式部の父・為時《ためとき》は、受領になれたりなれなかったりで、なれなかった時は、帝に直訴の手紙を出したりもするのですが、そうした家系の中で、上達部である中納言にまで出世して、自分の娘を天皇に入内させ、運が良ければ摂関になれたかもしれない兼輔は、唯一最高の誇りでした。それだけではなく、先ほど紫式部の本名を香子と推定した故角田文衞《つのだぶんえい》博士によれば、木造の家は比較的良く持ちますから、紫式部の住んでいた家は実はその兼輔の邸で、それが今の京都御所の隣にある廬山寺《ろざんじ》なのだということで、廬山寺の庭石には、角田博士の直筆により、「紫式部邸宅跡」と刻まれています。余談ですが、京都に行かれた際には、是非行ってみてください。ここで紫式部が源氏物語を執筆していたのかもしれないと思うと、ロマンに浸れること請け合いです。ただ、夢を破るようで恐縮ですが、この説もまだ学界では定説までには至っていません。でも、かなり確率が高いとは思います。

もしその推定が事実なら、子供時代から父・為時に、家に絡む思い出として、その偉大な祖先・兼輔の話を何度も聞かされた文学少女・紫式部が、最も好む歌として、大和物語によればその兼輔が、娘を醍醐天皇に入内させ、絶頂だった時の歌、「人の親の～」を記憶したとしても、何の不思議もないでしょう。そして家云々の話は別としても、その想像は源氏物語の、比較的多い、もう一つの引歌からも裏付けられます。それは先ほど引いた後撰集の「花鳥も～」

の歌です。

この引歌の回数は六回で、他に例えば十四回の、「とり返すものにもがなや世の中をありしながらの我が身と思はん」（＝取り返したいものだ世の中を。そうしたら昔と変わらない我が身と思うことが出来るだろうに（でも取り返せないので、昔のままの我が身ではいられない））のようなものも何首かありますから、兼輔の歌と違って、ダントツとまでは言えません。ただその「とり返す〜」は、出典未詳の歌ですから、作者がはっきり分かっていて、比較的多いものとしては、先ほどの「花鳥も〜」の歌は確実に挙げられます。その作者・藤原雅正は実は、兼輔の息子、すなわち紫式部の祖父なのです。ちなみに紫式部の父・為時は漢学者、つまり漢文の学者ですから、名詩は多いけれども名歌はあまり多くなく、勘定に入れなくとも良いでしょう。

すると、源氏物語の引歌の中で多いものは、結局紫式部一族の歌ということになります。これをえこひいきと見ることはもちろん可能ですが、当時の家門意識の高さから考えれば、このくらいのことは当たり前とも言えるでしょう。それに、そんな強弁をしなくとも、えこひいきでも良いではありませんか。

仕事柄、有り難いと思わなくてはいけないのかもしれませんが、古典を重視してくれるのは良いのですけど、骨董品か博物館等の展示ガラスの向こう側に置いてあるもののように見る人がいるのは、あまり好きではありません。これは私の持論でもあるのですが、古典は今も生きて使っているもので、ただ皆がそれに気づいてないだけなのです。ここはそういう場ではないと思いますので、その詳細な例証は別の場にしておきますが、この本を読んでいらっしゃる、和歌を能くする方なら、自然とお分かりなのではないでしょうか。端的な話、今でも正式に和歌を作るには、古典仮名遣いを使うではありませんか。

何か話がずれてきているような気がしますので修正しますけど、言ってみれば古典はもっと人間臭いものだと思うので、えこひいき大いに結構じゃないですか、となるわけです。私なんか、これに気がついたことによって、かえって紫式部という人を身近に感じたものですけど、皆さんはどうでしょうか。

今回の話でも、紫式部の意外な人となりは見えてきたのではないかと思いますが、9では、それをもっと端的に示すと思われる、紫式部自身の歌を見ることにしましょう。

9 紫式部自身の歌（1）

8では紫式部の好きな歌ということで、実は身内の歌が好きという、意外に人間的な面が見えるという話をしましたが、延長で、彼女の性格が窺えそうな歌についてお話ししてみましょう。

現代の読者の方は、「そんな都合の良いものなどあるのか」と、ひょっとしたら疑う方がいらっしゃるかもしれませんが、ラブレターは全て歌で贈らなければならない平安時代人は、みな自分の歌集（古典では「家」の「集」と理解して、普通「家集」と書きます）を持っていますから、そのようなことは簡単にできます。紫式部も例外ではなく、『紫式部集』を自分で編んでいます（古典の場合は、その人の死後等に、他の人が選ぶ他撰集というのもありますが、紫式部の場合は自分で選び、そのためほぼ年代順に並んでいるらしいことが証明されています。詳しくは少し古いですが、『紫式部集』の解説書の中でも名著と言われる、清水好子著『紫式部』（岩波新書）を御覧ください）が、その歌数は、最も信頼が置ける写本とされる実践女子大学蔵本で百二十六首ですから、同時代の歌人と比べてそれほど多いとは言えません。その最初の歌が、百人一首にも採られて有名な、「めぐりあひて見しやそれともわかぬまにくもがくれにし夜はの月かげ」（百人一首では「月かな」となっていますが、原文はこう）ですが、この歌（正確にはその詠歌事情を記した詞書《ことばがき》）では、彼女の幼なじみに、とても仲の良い女の子がいたとしか分かりませんから、最初に注目したいのはその四首目、「おぼつかなそれかあらぬかあけぐれのそらおぼれするあさがほの花」（＝どうも解しかねます。昨夜のあの方なのか別の方なのかと。お帰りの折、明けぐれの空の下でそらとぼけなさった今朝のお顔では）です。

源氏物語に慣れた目で眺めると、匂宮《におうのみや》巻の薫の歌「おぼつかな誰に問はましいかにしてはじめもはても知らぬわが身ぞ」とか、若菜下巻の女三の宮の歌「明けぐれの空に憂き身は消えななむ夢なりけりと見てもやむべく」、あるいは、同じく若菜下巻の六条御息所の物の怪の歌「わが身こそあらぬさまなれそれながらそらおぼれする君は君なり」などといったものが次々と浮かんできますが、ここでお話ししたいのはそれではなく（あとでは話題にします）、この歌が詠まれた事情です。それはこの歌の詞書「かたたがへにわたりたる人の、なまおぼおぼしきことありて、かへりにけるつとめて、あさがほの花をやるとて」（＝方違へに来た人が、真意の分かりかねる言動をしたことがあって、（その人が）帰ってしまった朝早くに）に一応書かれていますが、良く考えるとこれは、それほど明瞭ではありません。

まず「なまおぼおぼしきこと」とは何かですが、通常これは、次の、この歌に対する返歌、

「返し、てをみわかぬにやありけん／いづれぞといろわくほどにあさがほのあるかなきかになるぞわびしき」（＝返歌、誰の筆跡か見分けがつかなかったのだろうか／ご姉妹のどちらから贈られた花かと筆跡を見分けようとしているうちに、朝顔の花があるかなきかにしおれてしまって切ない思いです）から逆推して、姉妹二人の寝室に、誰か男が忍んできて、本気だか一事の浮気だか良く分からないような行為をしたと解しています。この男は、後に式部の夫となる藤原宣孝《のぶたか》とする人が多いのですが、何せ紫式部は、通説では二十九歳という、当時としては非常な晩婚だった人ですから、そうではない、他に恋人がいたのだという説も、道徳規範が比較的ルーズになった（？）近年では多くなってきています。いま私は、それらの説に付け加える新しい証拠を持っているわけではありませんので、心情的には後者に傾いていますけれども、正直「分かりません」と申し上げておきますが、いずれにしても、なにやら三角関係めいたものが、若い紫式部にあったことは確かですので、さすが源氏物語の作者とは言っておきます。もっともこの言は、一般に源氏物語は好色の書だと思われている現代読者にとっては、今さらの感があるかもしれませんが、『紫式部日記』を読み慣れ、娘に賢子《かたいこ》（もっとも、実際はこの名に反して、母よりも遥かに奔放な一生を送ったというのも、古典に詳しい者たちの間では、高尚なギャグとして知れ渡っています）と名付けた紫式部を知っているものにとっては、結構新鮮なものに思われるはずです。

次に注目したいのは四十八首目の

「世のはかなきことをなげくころ、みちのくに名あるところどころかいたるをみて、しほがま／みし人のけぶりとなりしゆふべよりなぞむつましきしほがまのうら」

（この世の無常なことを嘆いている頃、陸奥の名所を描いた絵を見て、塩釜／連れ添った人が、荼毘の煙となったその夕べから、名に親しさが感じられる塩釜の浦よ）

です。いささか手前味噌になって恐縮ですが、この、一見何でもなさそうな、現にそれまでは特に注目されることもなかった歌に最初に注目したのは、我が母校・早稲田大学の故田中隆昭博士です。彼は源氏物語夕顔巻の光源氏の歌

「見し人の煙を雲とながむればゆふべの空もむつましきかな」

（恋人（この場合は夕顔）の荼毘の煙が雲となったのを見てから、夕べの空が一様に懐かしく感じられるようになったよ）

を眺めていて、ある時ふっと、この二つの歌が良く似ていることに気づいたそうです。そこからの考証は、細かくなるのでここでは省きますが、今となってはこの二首に影響関係を認めるのはほぼ定説となっています。つまりは当然のことながら、紫式部は自分の詠んだ歌をもとに源氏物語を作り上げているのです。そう思えば先ほど四首目の歌で指摘した類似も、あながち飛躍とは言えないわけで、これも作者名の書かれた写本が存在しない源氏物語の作者を推定す

る間接的な材料の一つとなっています（もちろん他の人の歌で、これほど類似するものはまだ発見されてません）。

ただ、1で御紹介した六百番歌合の判者・藤原俊成の「紫式部歌よみの程よりも物かく筆は殊勝なり」（＝紫式部は、歌を詠むより散文を書く方がうまい）という言葉を俟つまでもなく、清少納言ほどではないにしろ（話題が異なるので、ここでは詳述しませんが、漢文の知識がないと絶対分からない、百人一首にも採られた彼女の代表歌「夜をこめて鳥のそらねははかるとも世にあふさかの関はゆるさじ」を考えていただければ、何となく分かると思います）、紫式部の歌もいささか理屈っぽいところがあります。良いという意見もあるような気もしますが、彼女の代表歌と言われる「水鳥を水のうへとやよそに見むわれも浮きたる世をすごしつつ」（＝水鳥の楽しげな様を、水の上のことで私には関係ないこととして見られようか。傍目には私も華やかな宮仕えに浮ついた日々を過ごしているのに。但しこれは『紫式部日記』の中の歌です）も、少し理が鼻につくような気がします。しかしその理屈っぽさが幸いした（？）のが、次に掲げる『紫式部集』四四、四五番歌でしょう。

絵に、物の怪つきたる女の醜き形《かた》かきたるうしろに、鬼になりたるもとの女《め》を、小法師のしばりたる形かきて、男は経よみて、物の怪せめたるところを見て

（物の怪のついた醜い女の姿を描いた背後に、鬼の姿になった先妻を、小法師が縛っている

様を描いて、さらに夫はお経を読んで物の怪（鬼の姿になった先妻）を退散させようとしている場面の絵を見て）

亡き人にかごとはかけてわづらふも己が心の鬼にやはあらぬ

（妻についた物の怪を、夫が亡くなった先妻のせいにして手こずっているというのも、実際は、自分自身の心の鬼に苦しんでいるということではないでしょうか）

返し

ことわりや君が心の闇なれば鬼の影とはしるく見ゆらむ

（なるほど言われるとおりです。それにしても、あなたの心があれこれ迷って闇のようだから、この物の怪が疑心暗鬼の鬼の影だとはっきりお分かりなのでしょう）

古典に慣れていない方だと、物の怪の正体を「心の鬼」（＝錯覚）とする考え方を、「そんな近代的な考え方が平安時代にあったのか」と驚かれる方もいらっしゃるかもしれませんが、口語訳に使った「疑心暗鬼」という言葉は、もともと「疑心暗鬼を生ず」（＝疑いの心を持っていると、ありもしない（起こることのない）恐ろしいことが心に浮かんでくる）という、『列子』（紀元前成立か）という漢文の書が出典ですから、こうした考え方は近代の専売特許ではありません。と言うより、科学技術ではなく人の心の面においては、古典の時代でも今とほとんど遜色なく、それが現代でも古典を学ばなければならない一因なのですが、説教臭くなるので、その話題はこの辺でやめておきます。それにしても紫式部のように、百パーセント言い切ってしまうのは、現代から見ても、やはり珍しいことだと思います。我々だって、口では神や幽霊を信じないと言っていますが、いざそうした存在を考慮せざるを得ないような場面に直面した時、いったい何人の人がきっぱりと否定することができるでしょうか。にも拘わらず、紫式部はやってのけているわけですから、平安時代人としては驚嘆に値することだと思いますが、でもここでちょっと立ち止まってください。その紫式部が書いたと思われる源氏物語には、六条御息所を始めとして、物の怪がたくさん出ていますよね。

ここから先は私の考えですが、これは当時の状況としてはしかたのなかったことだと思います。いくら作者一人が信じていなかったとしても、読者はみんな信じているわけですから、物の怪を出さない方が不自然というものです。実は平安時代にはただ一つ、『落窪物語』という、物の怪が全く登場しない物語が存在します。その内容は、全く日本版シンデレラといったものですが、考えてみればシンデレラにも魔法使いのおばあさんが出てきますよね（もともとはシンデレラの亡くなったお母さんの化身であるハシバミの木なのですが、それでも同じことです）。細かい論証をする紙幅はありませんのでここでは省きますが、一言で言うと『落窪物語』は、相当変な物語です。逆に言えばこれは、当時の物語は、物の怪が出る方が自然なのだと言えると思います。ところが作者はそれを信じていないわけですから、当然ここに葛藤が予想されます

が、そこまで考えた時、源氏物語の物の怪は、実に奇妙な出方をしていることに気づきます。実際に確認されると面白いのですが、源氏物語の物の怪は、夢の中か目撃者が一人の時にしか出現しません。夢は所詮夢ですし、目撃者が一人ということは、それこそ目の錯覚ということになって、結局源氏物語には物の怪が登場していないとも言えるのです。そう考えてくると、やはり源氏物語は紫式部の作で、それは彼女が、当時の迷信とギリギリのところで折り合いを付けたものであることが、先ほどの『紫式部集』の歌から分かるとまとめられるのではないでしょうか。

そのように考えて、『紫式部集』の歌からは彼女の性格が窺えるとして、本節のお話をしてきたわけですが、次の⑩でももう少し、『紫式部集』の中から彼女の別の側面（それなりに幸せだった新婚時代とか母性とか）が窺える歌を見ていきたいと思います。

10 紫式部自身の歌（2）

9では源氏物語作者のものとして、主に理知的な歌を中心に、紫式部の歌を紹介しましたが、いささか怖い印象を与えてしまったかもしれません。彼女自身の日記にも、中宮彰子に出仕直後、同僚女房達に、

かうは推しはからざりき。いと艶に恥づかしく、人見えにくげに、そばそばしきさまして、物語このみ、よしめき、歌がちに、人を人とも思はず、ねたげに見おとさむものとなむ、みな人々いひ思ひつつにくみしを、見るには、あやしきまでおいらかに、こと人かとなむおぼゆる

（こんな方だとは思っていませんでした。ひどく風流ぶって気詰まりで近づきにくく、よそよそしい様子で物語を好み、気取っていて、何かと言うとすぐ歌を詠むし、人を人とも思わず、憎らしげに軽蔑したりするような人だと、誰も皆言ったり思ったりして憎んでいたのに、お会いしてみると不思議なほどおっとりとなさっていて、まるで別人かと思います）

と言われたと書いてありますが、物語作者となってからの彼女は、知性的でありすぎたため、

誤解されやすい人物であったようです。

もっとも日記の続きには、「おいらか」（＝おっとり）であるのは、自分が「ふり」をしているだけで、仲間はずれにされないよう愚かなまねをするのは疲れるなどと憎まれ口も書いています。確かにそういう一面もあったでしょうが、彼女の歌集を見る限り、少なくとも根は明るい人なのではないかと思われてきます。そこでそういう歌を中心にご紹介し、本当は彼女はどういう人だったのか、ご一緒に考えてみたいと思います。

まずご紹介するのは新婚当時の歌。誰でも新婚当時は明るいに決まっていますが、彼女の場合少し複雑なのは、推定二十九歳という、平安時代としては恐ろしく晩婚だったこともあり、夫の宣孝《のぶたか》は、既に紫式部と同年齢の息子もいる、つまり親子ほど年の離れた人でした。しかし、そういう人との結婚が必ず不幸かと言うと、一概にそうとも言えません。なぜなら平安時代には、割とこういう結婚は多い上に、歌集に残された歌から見る限り、誰が見ても彼女は幸福そうに見えるからです。


文《ふみ》の上に、朱といふ物をつぶつぶとそそきかけて、「涙の色」など書きたる人の返り事に

紅の涙ぞいとど疎まるる移る心の色に見ゆれば
もとより人の娘を得たる人なりけり

『紫式部集』の三一番目の歌です（歌の引用は国歌大観によりましたが、そのままだと、平仮名ばかりで分かりにくいので、適宜漢字を当てました）。和歌の後の詞書のようなものは、歌の左側にある注記なので「左注《さちゅう》」と呼びます。そこに、「もとより、しっかりしたところの娘と結婚している人だった」とあることより、宣孝と思われる人に贈った歌とされています。先ほど触れたように、宣孝は紫式部の二回り近く上の年齢かと思われますが、『枕草子』「あはれなるもの」にもエピソードが語られる如く、極めて茶目っ気のある人だったようで、紫式部に宛てた手紙に、今でも書道の添削等に使う朱墨をポタポタと垂らし、「（これは、あなたのことが恋しくて流した私の血の）涙の色（です）」などと、しゃあしゃあと書いてきました。そこで紫式部は、「紅の涙の色と聞くと、あなたがいっそう疎ましく思われます。なぜなら、（紅は色あせしやすい色＝色が移ろいやすい色なので）あなたの心も移ろいやすいと思われるからです」という歌を贈ったわけです。

後にこの二人は結婚し、流行病で宣孝が、結婚後わずか二年で亡くなった時、⑨でも取り上げた四八番歌「見し人の煙となりし夕べより名ぞむつましき塩釜の浦」（＝夫を荼毘にふした夕べから、名に親しさが感じられる（塩を焼く煙で有名な）塩釜の浦よ）を詠んだ式部の心情を思い、かつ、当時の女性の歌は、男に「安く」見られないように、たとえ好きでも、必ずイチャモンをつけて返す慣習があったことを考えれば、三一番歌は、紫式部がかんかんに怒って贈った歌と見るのは当たらないでしょう。となれば、年甲斐もなく、すぐばれるような茶目っ気を見せた宣孝と、それに乗っかってあのような歌を贈った紫式部は、若い恋人同士のように、じゃれ合っているような観もあります。「紫式部は幸せそう」と評したのは、以上のことによるのです。

しかし、既に述べたように、二人の蜜月はわずか二年しか続きませんでした。しかも、夫に死なれただけでも困ったでしょうに、幸か不幸か、そんな短い間に、二人の間には女の子（＝⑨でご紹介した賢子《かたいこ》）が生まれていたのです。下世話な言い方をすれば、子連れの再婚は難しいですし、源氏物語作者の才を買われてとか、今をときめく道長からの依頼なので断りづらかったとか、他にも理由はあったにせよ、良家の子女が働くことは恥とされていた当時において、娘の養育費を得るためにも、宮仕えに出なければならなかった紫式部の事情は良く分かります。ちなみに、当時「原稿料」などという概念はないため、源氏物語がどんなに人気があったとしても、それで食べていくことは出来ません。彼女が暗く、少し屈折した性格になってしまったのも無理からぬところと言えるでしょう。その辺りの様子は、もちろん『紫式部集』の歌からも読み取れますが、一番分かりやすいのは、『紫式部日記』にある、次の歌ではないでしょうか。

水鳥を水の上とやよそに見む我も浮きたる世を過ぐしつつ

（水鳥を、所詮水の上の存在（＝別世界）と、自分とは無関係のものとして見てきたよ。良く考えると、自分もふわふわと浮いたような世界にありながら）

清少納言とは違い、宮仕え生活に、心の底からは溶け込めなかった紫式部の心情が良く分かるでしょう。

けれど、そんな彼女でも、娘を邪魔な存在だとは思っていません。それは、娘が病気になった時の歌（『紫式部集』五三番歌）を見れば分かります。

世を常なしなど思ふ人の、幼き人の悩みけるに、唐竹《からたけ》といふもの瓶にさしたる、女ばら（＝女房たち）の祈りけるを見て

若竹のおひゆくすゑを祈るかなこの世を憂しと厭うものから

「世を常なしなど思ふ人」は、当然、夫を亡くして嘆いている作者自身です。そんな折、一人娘の賢子が病気になり、仕える女房たちも心配してか、成長速度の著しい（＝生命力にあふれた）唐竹を瓶にさして、平癒を祈っています。それを見た紫式部は、「若竹のような幼い我が子の成長していく末を、無事であるようにと祈ることだ。たとえこの世は生きづらいところといとわしく思っていても」という歌を詠んでいますが、子を持つ親なら誰しもこの気持ちは分かるでしょう。

先ほどの繰り返しになりますが、紫式部が暗く屈折した性格になったのは宮仕え以後のこと

で、彼女はもともと明るく愛情あふれる人柄だったのです。そのことが良く分かるのは、娘時代の歌である、『紫式部集』一二三番歌です。

塩津山といふ道のいとしげきを、賤《しづ》の男《を》のあやしき様どもして、なほ辛《から》き道なりやといふを聞きて

知りぬらむ行き来にならす塩津山世にふる道は辛きものぞと

塩津山というのは琵琶湖の北端にあり、当時北陸に向かう時の要衝でした。紫式部の父・藤原為時は越前（今の福井県）の国司を勤めたことがあるので、結婚前、その任地を訪ねた時の歌と推定されています。塩津山の道は、大変草木が繁茂しているので、輿《こし》（当時の貴人は、基本的には牛車で移動しますが、この場合のように山道であったり、或いは門の敷居がやたらと多い宮中などの場合、車輪のある牛車では移動できませんから、このように輿に乗ります。現在も残る御神《おみ》輿《こし》は、「神」という貴いものの乗り物なのです。もちろんとても重い）を担いだり荷物を運搬したりする人足が、ボロボロな着物を着て、「やはりつらい（古語では、「つらい」を「からい」と発音します。もちろん「辛い」も「からい」。だから次の歌になります）道だ」と言ったのを聞いて紫式部は、「おまえたちも分かったでしょう。いつも行き来して歩き馴れている塩津山も、世渡りの道としてはつらいものだということが」という歌を詠みます。言うまでもなくこれは駄洒落で、「塩」津山だから「からい」（＝つらい）というわけです。

この洒落が面白いかどうかは、皆さんの判断にお任せしますが、若い時の式部は、このくらいの冗談が言える程度の明るさであったことは、疑いないところでしょう。またこれは、所詮冗談で、どのくらい真剣かと言うとだいぶ疑問がありますが、たとえこの程度でも、当時の貴族が人足にまで同情を寄せた例を、私は知りません。紫式部を、「愛情あふれる性格」と判断するのは、この歌がある故なのですが、これはまた、下々の者まで良く人間観察をしているということで、物語作者に向いた性格とも言えましょう。

その彼女も、宮仕えに出ることによって、屈折した性格となっていくわけですが、それでは宮仕えの何がそんなにいやだったのでしょう。その一端を窺わせる歌は、『紫式部集』五五、五六の連作だと思います。

身を思はずなりと嘆くことの、やうやうなのめに、ひたぶるのさまなるを思ひける

数ならぬ心に身をばば任せねど身に従ふは心なりけり

心だにいかなる身にかかなふらむ思ひ知れども思ひ知られず

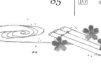

「我が身の上を思うようにならず不遇だと嘆くことが、次第に並々の程度になり、ある時はひたすら激しい状態になる自分であることを思って詠んだ歌」と、何やら哲学的な詞書が書かれていますが、歌の意味は、前者が「人数ではない我が身の願いは、思い通りにすることは出来ないが、身の上の変化に従っていくものは心であることだ」、後者が「私のような者の心で

さえ、どのような身の上になったら満足できる時があるだろうか。どのようになっても満足することはないと分かっていても、諦めきれないものだ」です。「数ならぬ」は置いておくとしても、「思った通りに我が身はならないが、身に従うのはむしろ心の方だ」というのは、誰にも思い当たることがあるのではないでしょうか。紫式部の苦しみとはこの「身と心の乖離」、今風に言うなら「実存の苦しみ」とでもなるのでしょうか。ですから、誰も助けることは出来ません。もちろん宮仕え以前から書いていたとは推定されますが、その物思いの晴けどころが源氏物語であったとは、容易に想像が付くことで、源氏物語誕生の秘密がこの辺りにあると考えれば、何やら腑に落ちるところもあるのではないでしょうか。

かくして源氏物語は「もののあはれ」（＝人情の機微）をテーマとすることとなったわけですが、そのことはこれまでの作中人物の歌についてのお話でも触れてきたつもりです。しかし、本節でこのようなお話をしてみて気がついたことは、まだ「母性」について、余り触れていなかったということです。もっとも、源氏物語において「母性」と言うと、真っ先に思いつくのは明石御方で、それについては既に4でお話ししているのですが、源氏物語ではもう一人、光源氏の継母である藤壺の存在も重く、彼女もなかなか複雑な歌を詠んでいます。そこで11では、再び物語に立ち戻って、藤壺の詠歌についてお話ししてみたいと思います。

11 公と私を揺れる歌・藤壺中宮

「藤壺」というのは本当は、帝の妻妾が住む後宮《こうきゅう》にある十二の御殿のうちの一つの名前で、正式名称は飛香舎《ひぎょうしゃ》と言うのですが、中庭（＝壺）に藤の木が植わっているので、通称「藤壺」と呼ばれます。したがってそこに住む歴代の帝の妻妾は全て「藤壺」と呼ばれ、有名なところでは、紫式部の主人であった中宮彰子も、藤壺に住んでいたのでやはりそう呼ばれていました。つまりは、これからお話しする「藤壺」のモデルではなかったかと言われていますが、実は源氏物語にも「藤壺」と呼ばれる女性は三人登場します。しかしここで言う「藤壺」とは、その中でも最も有名な、桐壺帝の妃にして光源氏の継母である女性であることは言うまでもありません。昭和の頃はこの女性のことを「藤壺女御《にょうご》」と呼んだりもしていましたが、その後研究が進み、この女性が桐壺帝の女御になったとは明記されていない（彼女は先帝の娘でしたから、「女御」よりもっと偉かった可能性がある）ので、今ではただ「藤壺」とか、本節のように「藤壺中宮」と呼びます。うるさいことを言えば、「中宮」になるのはかなり後なので、物語に出てきた当初からそう呼ぶのは不適切ということになるのですが、本書は学術論文集ではありませんので、その辺りは鷹揚に扱うことにしておきます。

さて、古注釈においては「一部の大事」と言われたように、源氏物語におけるこの女性の役割は極めて大きいと言えるでしょう。もしもこの女性がいなかったら、光源氏も、平安貴族としては平凡な一生を終えたかもしれず、言ってみれば源氏物語そのものが無かったかもしれません。

先ほども言ったように彼女は、最愛の妻である桐壺更衣を亡くし、その痛手をいつまでも引きずっていた桐壺帝のもとに、更衣そっくりの面影を宿す後妻として入内しました。したがって、桐壺更衣の忘れ形見である光源氏にとっては継母ということになるのですが、この継母は継子に辛く当たりませんでした。理由の大半は、彼女の性格が大変良かったことに依るのでしょうが、幾分かは二人の年齢差もあるのでしょう。

光源氏と藤壺の年齢差はわずか五歳で、これでは「親子」というより「姉弟」といった方がふさわしい。仲の悪い兄弟もいることはいるでしょうが、性格上とかで特に問題がなければ、とてもいじめる気にはならないのではないでしょうか。

しかしこの年齢差はくせ者で、ちなみに光源氏と葵上の年齢差は四歳、一番離れた六条御息所とは七歳ですから、言ってみれば藤壺と「夫婦」としてふさわしいのは、桐壺帝よりも光源氏の方だということになります。けれど父の妻、自分にとっては義理とはいえ母親なのですから、どんなに頑張っても二人は夫婦とはなれない。これが「一部の大事」、つまり源氏物語の根幹なのです。

そうは言っても母親に恋愛感情を抱くなんてと眉をひそめる方もいらっしゃるかもしれませんが、残念ながらこれは人間心理の根幹のようです。十九世紀末から二十世紀にかけて活躍した、「精神分析学の父」フロイトの名前は、多分どなたも御存知でしょうが、彼は、子供は無意識に異性の親に惹かれる心的傾向があることを唱え、特にこの場合のように男の子が母親に惹かれるそれを、そうした内容を持つギリシア神話の主人公名エディプス（ギリシア語「オイディプス」の英語読み）にちなみ、エディプス・コンプレックスと命名しました。皆さんも小さい子が、「大きくなったらお母さん（或いはお父さん）と結婚する」と言うのは良く聞きますでしょう。しかし実際は、血の繋がりがあるので、こうした感情は途中で回避されるのですが、光源氏と藤壺の場合は血の繋がりはありませんでした。

けれど、二十世紀前後に判明した心的傾向を十一世紀の源氏物語に当てはめるなんてと思う方もおられるかもしれません。学界にもこうした意見は存在しますので、単純に当てはめることには慎重である必要はあると思いますが、先ほども述べたように、源氏物語より古い神話の中にもこうした内容を持つものはあるのですから、あながち否定は出来ないはずです。したがって、半信半疑ながら、エディプス・コンプレックス説は学界でも否定されていませんので、本節でもそれに基づいて以下の叙述を進めます。

とにかく二人は結ばれ、その時から藤壺は「后」という公的立場と、「女」或いは「母」という私的立場に引き裂かれることになるのですが、それを非常に良く示すのが、紅葉賀巻の

「から人の袖ふることは遠けれど立ちゐにつけてあはれとは見き」

（唐土の人が袖を振って舞ったという故事には疎うございますが、あなたの舞の一挙一動につけて、しみじみ感慨深く拝見いたしました）

という歌だと思います。巻名となった「紅葉賀」とは、明白には書かれていないので良く分かりませんが、或いは桐壺帝の父・前の帝で今は院となっている人の長寿の祝いかとされている行事で、光源氏はそこで唐楽の青海波《せいがいは》という曲を舞います。もっとも藤壺が見たのは、身重で動けなかったこともあり、本番のそれではなく、桐壺帝が気を利かせて藤壺達女性陣の前で舞わせたリハーサルのものだったのですが、それでもこのように感動しています。ただその表現方法が気が利いていて、光源氏もこの歌を見て、

「他の朝廷まで思ほしやれる、御后言葉のかねても」

（中国の朝廷のことまで思いを馳せていらっしゃるのは、今からもうお后の風格がおありになる）

という感想を抱いているとおり、まだこの時は后でなかったにも拘わらず、既に后の風格を漂わせています。なぜなら今風に言えば后は「トップ・レディ」ですから、当時も外国（＝中

国）のことに長けているのが条件だったからです。

この風格という点では、雑談のようですが、藤壺最後の歌「見るめこそうらふりぬらめ年へにし伊勢をの海人の名をや沈めむ」（＝見た目には、うらぶれて、古びてしまっておりましょうが、年月を経て名高い伊勢の海人（＝在原業平）の名声を沈めて良いものでしょうか）も、そう言えると思います。この歌が詠まれた絵合巻は、藤壺の息子・冷泉帝が絵画を好むというので、光源氏が入内させた養女・梅壺女御（後の秋好中宮）とライバルの頭中将（但し、この時は権中納言）の娘・弘徽殿女御（子供時代に光源氏を苛めた人とは別人です）を中心に、帝の歓心を得ようと、後宮全体が絵画の品評会を行うようになります（ゆえに巻名が「絵合《えあわせ》」（＝絵画の争い））。この歌は、帝の御前で行われる本番の前に、藤壺たち女性の前で行われたリハーサルのようなもので詠まれた一首で、当時の絵は物語絵（今に伝わる物語絵巻のようなもの）が主であったようで、光源氏が出した『伊勢物語』に権中納言が出した『正三位』（残念ながら現存していません）が合わされ、『伊勢』は古臭い（当時としても既に古文の域に入っていた）というので旗色が悪かった時に詠まれたものです。

既に少し触れたように、藤壺は光源氏が好きでしたから、彼が旗色が悪いというので、えこひいきをしたと見られなくもありません。しかし詠みぶりとしてはそれはおくびにも出さず、昔の偉人である業平（言うまでもありませんが、在原業平は実在の人物です（八二五～八八〇年）。

ちなみに源氏物語の成立は一〇〇八年頃）の名声を汚してはいけないという理屈は、やはり后ならではのものと言えるのではないでしょうか。

このように見てきますと、藤壺の歌は大体公人としてのそれと言うことができると思いますが、中に一首、面白いものがあります。それこそが今回藤壺を取り上げた所以でもあるのですが、それは、紅葉賀巻の次の巻、花宴巻にあります。

おほかたに花の姿を見ましかば露も心のおかれましやは

（もしも世間の人並みにこの花のようなお姿を見るのであったら、露ほどの気兼ねもなく心ゆくまで賞賛することが出来たであろうに）

御心の中なりけむこと、いかで漏りにけん

（心中密かにお詠みになったのであろうが、これがどうして世間に漏れ伝わったのだろうか）。

紅葉賀は秋に行われた誰かの長寿の祝いでしたが、次の花宴巻は、宮中の桜を愛でる宴会です（このように源氏物語は、隣り合う二巻が対照的に描かれることが多いです）。

今度は光源氏は、春鶯囀（＝春の鶯囀《さえず》る）という舞を素晴らしく舞います。それを藤壺が称えた歌が引用したもので、歌の後の地の文にもあるように、二人の恋は秘めたものですから、公にすることは出来ず、心の中で詠んだもののはずです。実は二人の関係は、両思いであったかどうか、今でも議論になることもあるのですが、私はこの歌を初めとして、露わに書かれることはないけれども、時折こぼれる藤壺の心中描写から、二人は両思いで良いと思っています。それはともかく、「心の中の出来事であったはずだったのに、どうして世間に漏れたのだろう」というのは、面白い書きぶりだとは思いませんか。

　現代の「小説」は、学術用語で言う「神の視点」（＝神の如く全知全能な視点）で書かれていますから、このような記述は出て来ようがありませんが、『源氏物語』は「物語」であって、「小説」ではないのです。「物語とは何か」を真剣に議論していくと、この程度の頁数ではとても足らないので結論だけ述べます。「物語」の「物」は「物の怪」の「物」、すなわち「物の怪」のような存在が、人のすぐ隣にいて、その人のことをつぶさに眺めて語るの意味か、あるいは「物の怪」のように並外れた人（かぐや姫を思い浮かべると良いかもしれません）について語るの意味か、どちらかだと言われていますが、源氏物語の場合は、前者で良いのではないかと思っています。それにこだわった横浜市立大学教授の故三谷邦明は、源氏物語の語り手は光源氏または薫の側近達で、巻毎にそれが誰かまで特定できるとしています。そこまで実体的に捉えて良いものか、私は若干迷っていますが、基本的には先ほどの考えを支持する意見とは言えるでしょう。

　つまり物語は、憑依は出来るかもしれないけれども基本的には人物を「外から眺めている」物の怪の視点で描かれているのであり、小説のように「神の視点」ではないので、人の心中は、素振り顔色等から、「恐らくこんなことを考えているだろう」と推定は出来るけれども、断言は出来ないことになります。古文に推量の助動詞が多いのは、一つにはこのためなのですが、和歌ほど具体的なものは通常は推定できないはずであり、だからこそ、「どうして世間に漏れたのだろう」という表現になるわけです。

このように露わではない形で、源氏物語作者は藤壺の恋心を語っているのだと思いますが、良く考えるとこの表現は和歌だけでは不可能で、後に「どうして世間に漏れたのだろう」という地の文が必ず必要ということになります。作歌法の参考には残念ながらならないと思いますが、浮舟の和歌の時にも述べたように、地の文と和歌が協同して一つの表現を作り上げる。これが私が見つけた源氏物語の和歌の特徴なのです。

このように藤壺の歌はどれも、公的な立場と私的な立場に引き裂かれ揺れ動く心を表現したものと言えると思いますが、⑫では、「公的と私的」とは言えませんが、本心をなかなか吐露できずに苦しんだ、紫上晩年の歌を取り上げてみることにしましょう。

⑫ 己の本心を教えられる歌・紫上

⑫にして漸く紫上です。これは私自身意外でした。なぜなら紫上は十歳で物語に登場して四十三歳で死去するまで三十三年間登場し続けた計算となり、五十二年間の光源氏に次いで長い登場だからであり、和歌も二十三首と、光源氏・薫・夕霧・浮舟に次いで第五位だからです。けれどその理由も改めて考えると察しがつくところで、紫上の和歌は決して下手ではありませんが、女三の宮の降嫁以前のものは深みが無くて、余り感動しないからでしょう。例えば次のようなものです。

かこつべきゆゑを知らねばおぼつかないかなる草のゆかりなるらん

（「かこたれぬ」と何故おっしゃらねばならないのか、訳が分かりませんので気になります。いったいどんな草のゆかりなのでしょうか）

これは紫上の最初の和歌で、手元に引き取った光源氏が、紫上の容貌に最愛の女性である藤壺の面影を認め（二人は叔母・姪の関係なのです）、「知らねども武蔵野といへばかこたれぬよしやさこそは紫のゆゑ」（＝行ったこともないが武蔵野と聞くと自然にため息が出る。そうだ、そうであるのは、そこに生えている紫草が懐かしいからだ）という、『古今六帖』の有名な歌の隣に、「ねは見ねどあはれとぞ思ふ武蔵野の露わけわぶる草のゆかりを」（＝まだ枕を交わしてはいないけれども、しみじみと可愛く思う。武蔵野の露を分けあぐねるように、逢いかねている紫草（ここでは藤壺のこと：山田注）のゆかりのあなたを）という歌を光源氏が書きつけ、それに促されて紫上が書いたものです。「紫草」が愛しい女性の隠喩と知っていた紫上はさすがですが、それ以外の技巧は特になく、自己の疑問をまっすぐに詠んだものと言えるでしょう。このとき紫上はまだ十歳の少女なのですから仕方ないとは言え、結婚後しばらく経った、十九歳のときの歌も次の程度です。

うらなくも思ひけるかな契りしを松より波は越えじものぞと
（思えば正直に信じていたものです。お約束したのですからよもや浮気心をお持ちになることなどありますまいと）

これは明石に流れた光源氏が、そこで明石御方と結ばれたのを聞かされた紫上が送ったものです。百人一首でも有名な清原元輔《もとすけ》（＝清少納言の父）の歌「契りきなかたみに袖を絞りつつ末の松山波越さじとは」等を踏まえて、恋人が裏切ったら「末の松山」（宮城県多賀城市にあります。随分内陸にあり、とても波は越しそうにありませんが、平安時代にあった大津波の記憶が反映されているのではないかという説が、最近出ました）を波が越すという故事を使って光源氏を責める技法は、見事とは言えますが、逆に言うと理が勝ちすぎて、「痛切」とまでは言えません。これが女三の宮降嫁後となると次のように変わります。

手習ひなどするにも、おのづから、古ことも、もの思はしき筋にのみ書かるるを、さらばわが身には思ふことありけり、と身ながらぞおぼし知らるる。

（手習などしてみても、古歌もひとりでにもの思わしい筋のものばかりが書けてしまうので、してみると、この自分にはこうした悩みが住みついていたのかと自覚させられるのである）

紫上は結婚して既に十八年。もはや自分より身分が上の夫人を光源氏が迎えることは無かろうと、自他共に油断していたのですが、きっかけは光源氏の兄・朱雀院の、未熟な娘を心配する親心だったとは言え、光源氏の好き心はまたしても藤壺そっくりな女性を求めます。それが女三の宮で、彼女もまた藤壺の姪、すなわち紫上とは従姉妹同士です。但し身分は式部卿宮の娘である紫上より上の内親王なので、女三の宮の方が正妻となります。十八年間光源氏の一の人というプライドを持ってきた紫上にとってはこの上もない屈辱ですが、当時の身分制社会は、身分が下の者が上の者に文句を言うことなど許されません。また紫上の場合は、長年信頼してきた光源氏に裏切られ、もはや何を言っても虚しいという諦めの境地もあったようで、光源氏自身も驚くほど、表面的には平静です。しかし、口に出せない分、心には激しい葛藤があったらしく、それを示すのがこの場面です。見てお分かりのように、ここには具体的な歌は描かれませんが、それはここから物語が少し進んだところで、光源氏の来訪によって示されます。

恥ずかしいので紫上はもちろん隠そうとするのです（もっとも、4で取り上げた明石御方の類似の場面のように、意地悪い見方をすれば、どこまで本気で隠そうとしたのかは分かりません）が、光源氏はそれを見つけてしまい、いつもながらの筆跡の美しさにまず感嘆します。そして、「身に近く秋や来ぬらむ見るままに青葉の山もうつろひにけり」（＝この私の身に秋（＝飽き）が迫ってきたのでしょうか。見ているうちに青葉の山（＝光源氏様の心）の色も変わってしまいました）という歌に特に目をとめて、「水鳥の青羽は色も変はらぬを萩の下こそけしきことなれ」（＝秋が来ても、水鳥の青い羽（＝私の心）は変わらないのに、萩の下葉（＝あなた）の方こそ、様子がいつもと違います）という歌を書きつけるのです。先ほどの場面では紫上が詠んだ歌の具体が示されず、読者の関心を掻き立てた後にここに至って初めて描写する。源氏物語の作者の手腕にまず感心はしますが、良く考えると「身に近く〜」の歌は、「秋」と「飽き」という典型的、悪く言えば陳腐な掛詞を使ってはいても、紫上のオリジナルであることは諸資料から確認でき、「古歌」（＝源氏物語より前に詠まれた有名な歌）ではないことになります。つまり、厳密な意味では先ほどの場面の「古こと」＝古歌は、物語で遂に明かされること無く、永遠の謎とされているのですが、これも私は前に論文を書いたことがありまして、後の浮舟の例（7で既に取り上げました）でさらに顕著になるように、これらの女性の至りついた境地は、もはや他人の言である古歌では代弁しきれなかったためではないかと考えています。

その当否はともかく、紫上の「身に近く～」の歌は、確かに表現的には陳腐かもしれませんが、その内容は、周りの散文により、こちらが過剰に彼女の心中を思いやっているせいかもしれません（これが、本書で何度か述べた、源氏物語の和歌の特徴＝周りの散文と協同して一つの表現を作り上げているということです）けど、なかなか心に迫るものがあると思います。そしてここでもう一つ注目したいのは、それを紫上自身が見て、「さらばわが身には思ふことありけり」（＝してみると、この自分にはこうした悩みが住みついていたのか）と教えられていることです。

自分の心なのに自身でも分からない。フロイトがそれを「無意識」と命名してから、現代人はそれを当然のことと受け入れていますが、前にも言いましたように、源氏物語は十一世紀の物語なのです。それに気づいていたことだけでも驚異ですが、さらにそれを知る手段として「書く」という行為に注目したことも驚きです。少し難しく言えば、音声言語（＝話し言葉）は目には見えませんし、録音でもしておかなければすぐ消えてしまいますが、文字言語（＝書き言葉）は形を有するのでいつまでも残り、時間と場所（＝時空）をも越え得るというのは、源氏物語よりやや後（鎌倉時代初期）に書かれた『無名草子《むみようぞうし》』という物語評論書にも書かれていますから、千年前の人でも知っていたかもしれませんが、ここに描かれているのは、文字言語は他人だけでなく、自分自身にも情報を伝達し得るという、さらに上の段階なのです。しかしこれが真実であることは、短歌などを推敲される皆さんにとっては良くお分かりになることでしょう。

「推敲」というのは、唐の賈島《かとう》という詩人の故事で、ここは源氏物語のお話をするところですから、その故事の紹介はやめますが、それによると理想的な推敲とは、「作品を他人の目で見る」ことだとは、私が学生に対して良く言うことですが、言うは易く行うは難し。だから誰か他の人に見てもらう方が手っ取り早いのですが、そうできないことも多いし、第一それでは自分の力がつかない。しかし、努力すれば、他人になれないこともないのです。それはひとえに「頭を冷やすこと」ですが、その境地に達した者なら、この「文字は自己をも他者化する」という理屈は何となく分かると思います。「その作品の最初の読者は作者自身だ」とも良く言われることです。

それに気がつくとは、さすがに物語作家・紫式部といったところですが、とにかく紫上の内心はそうやって表現されます。しかし、見てきたようにそれはどちらかと言うと和歌ではなく、周りの地の文によるもので、和歌によるその表現は浮舟を待たねばならないというのが、源氏物語の現実ですが、その話は既に7でやってしまったので、ここでは繰り返しません。けれどもこれをきっかけに紫上の歌が深まることも事実です。それは例えば次の若菜下巻で、心労の果ての病で死にかけたときの紫上の歌、

「消えとまるほどやは経《ふ》べきたまさかに蓮の露のかかるばかりを」

（蓮にかかる露が消えずに残っている間だけでも生きていられるでしょうか。たまたま、その露の残っているようなはかない命でございますのに）

からも読み取れます。

たまたま目前に蓮の一面に咲く池があったとは言え、仏事を予感させるような「蓮」、それにかかる露のように儚い命という、これまた古文では良く見る類型表現ではありますが、「消えとまるほどやは経べき」とか「たまさかに」という言葉が効くのでしょうか、紫上の置かれている状況は哀切で、光源氏も、

「契りおかむこの世ならでも蓮葉に玉ゐる露の心へだつな」

（今から約束しておきましょう。この世ばかりではなくあの世においても、蓮の葉の露の玉のように一蓮托生であることを。決して私の心をお疑いになりませんよう）

という、それこそ陳腐な返歌をするのみで、彼女の心に寄り添うことは出来ませんでした。それは紫上の次とその次の歌、御法《みのり》巻で、長年の友人である明石御方と花散里に、それとなく別れを告げたものも同様なのですが、それも既に[4]で紹介してしまったので割愛し、ここでは紫上最期の歌を見ます。

おくと見るほどぞはかなきともすれば風にみだるる萩の上露

（私がこうして起きていると御覧になっても、それは束の間のこと、萩の葉に露が宿ったと思う間もなく、ややもすればあっけなく風に乱れ散ってしまうように、すぐに消え果てるでしょう）

こう並べてみると、先ほどの若菜下巻の歌と似たり寄ったりではありますが、紫上はあのあと病がちとなり、寝たり起きたりの生活を続けて、遂にこの場面となります。心配した養女（紫上に実の子はいません）の明石中宮も宮中から駆けつけ、早く帰れとの帝の矢の催促も無視し続けて光源氏と三人この日を迎えるというのは、この直後の地の文に「げに千歳を過ぐすわざもがな」（＝このまま千年をも過ごすことが出来たらよいものを）とあるのにみな共感したためか、国宝源氏物語絵巻の一場面となって本当に千年を超えているとも私は良く言うのですが、正に絶唱と言えるでしょう。

このように紫上が至りついた境地は、高すぎて誰も並ぶことが出来ませんでした。では紫上をそこまで追い込んだ女三の宮の和歌はどんなものでしょう。結論から言えば、彼女の歌は昔から「幼すぎる」と評判ですので、正当な面では余り作歌の参考にはならないかもしれません。でも、反面教師にはなるかもしれませんので、13ではそれを取り上げることにしてみます。

13 幼い歌・女三の宮

女三の宮は光源氏が迎えた最後の夫人で、そのとき彼女は十四、五歳（物語にはこのように書かれており、十四歳か十五歳かはっきりしません。女性の年齢ははっきり言わないのが当時の慣習）でした。そう言うと、それなら幼いのは当たり前だと思われるかもしれませんが、それは現代人の発想です。史上最年少で結婚したのは、紫式部が仕えた中宮彰子で、十二歳（つまり、満で言えば十一歳）でしたし、昔の結婚年齢は十五歳くらいが標準でした（「赤とんぼ」の歌を思い出してみてください）。そう考えると女三の宮は十分結婚適齢期に達しており、普通なら幼いわけはないのですが、現に光源氏も、十歳で手元に引き取った紫上と比較して、「かれはされて言ふかひありしを、これはいといはけなくのみ見えた」（＝あの若紫は気がきいていて相手にしがいがあったのに、こちらはそれに比べて実に幼い一方とお見受けされる）と思っています。

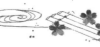

このときは女三の宮がどのように幼いか、具体的な描写は無いのですが、そこから数頁離れた、新婚三日目（当時の結婚は、今と違って婚姻届等は無いので、三日間は夜離《よが》れ無く通わないと、正式な結婚と見なされません。つまり非常に大事な日）の描写に、「いといはけなき御ありさまな

れば、乳母《めのと》たち近くさぶらひけり」（＝いかにも子供子供したご様子なので、乳母たちがおそば近く控えている）と描かれます。乳母というのは平安貴族の母代わりで、今と違って（と言っても、天皇家で乳母制が無くなったのは、何と今の皇太子様からですが）実母は子供を養育したりしません。これは、早くから帝王学を身につけさせるため（春日局がそれです）とか、他人の乳を飲ませた方が丈夫に育つという迷信があったためとか、色々言われますが、はっきりしたことは分かりません。ただ、現代医学から言うと、女性は乳を飲ませていると次の子供を妊娠しにくくなるので、自分の娘を天皇に嫁がせ跡取りを産ませ、やがてその子を即位させて自分は摂関となる摂関政治にとっては理に適った方法だったという、最近の研究もありますが、真偽のほどはさておき、想像してみてください。まさか新婚旅行に母親が同行することはないでしょうが、それに近い状況がここに出現しているのです。

さらにその乳母は、その日紫上が機嫌を損ねていたので、四日目は女三の宮のもとに行かなくてもまあ良いだろうと、光源氏は風邪をひいたと仮病を使うのですが、それを聞いて「さ聞こえはべりぬ」（＝そのように姫様にお伝えしました）と、たった一言返答したのです。これもちょっと想像すれば驚愕の事実で、光源氏は当然、どんなに幼くとも妻である女三の宮の返答が聞きたかったでしょうが、それが全くないわけです。これは別に女三の宮が怒ったとか、冷たい人だったとかではありません。ずっと後の紫上死後のことですが、淋しさに耐えかねた光源氏が、当時既に出家していた女三の宮のもとを訪ね、紫上が植えた山吹は今年も見事に咲いたのに、植えた人がもういないことが悲しいという意味のことを言った時、「谷には春も」（古今集にある清原深養父《ふかやぶ》（＝清少納言の曾祖父）の歌「光なき谷には春もよそなれば咲きてとく散る物思ひもなし」（＝日の光の届かない谷間には春も無縁のものだから、咲いた花がすぐに散りはしないかという心配さえもない）の一句を引いて、出家して世間から忘れ去られた自分には「物思い」も特にないという、卑下の気持ちを示そうとしたもの）と答えられて、光源氏は「自分はこんなに悲しいと言っているのに、私には関係ないと言いたいのか」と、少しカチンとくるのですが、さすがにこの頃は女三の宮に慣れてきていて、「いやいや、そうではない。宮は幼くて人の心が分からないだけなのだ」と思い直すシーンがあるので分かります（ちなみにこのとき宮は二十六、七歳になっている計算です。宮の幼さは、年齢から来るものではないこともお分かりでしょう）。つまり女三の宮は、幼すぎるので他人の心が分からないのです。

古今集仮名序以来、和歌は人の心を反映するものとなっていますから、他人の心の分からない女三の宮が、上手い歌を詠めるわけはないということは、これでお分かりでしょう。ですから、本節は多分作歌の参考にはならないのですが、⑫で申し上げたように、こんな歌は詠んではならないという、反面教師的なものはお見せできるかもしれませんので、一応宮の歌のほとんどは見ておきます。

先ほどの、乳母が「そのようにお伝えしました」と答えた次の日（つまり新婚五日目）の朝、紫上のもとで一夜を明かした光源氏は、宮のご機嫌を取るために、「中道をへだつるほどはなけれども心みだるるけさのあは雪」（＝あなたのお部屋とこちらの途中の道をふさぐほどではありませんけれど、降り乱れる淡雪にさえぎられてお伺いできず、心が乱れます）という歌を送ります。それにはさすがに返歌があり、すなわちこれが女三の宮の最初の歌なのですが、「はかなくてうはの空にぞ消えぬべき風にただよふ春のあは雪」（＝風に吹かれてただよう春の淡雪は、中空に、きっとはかなく消えてしまいましょう——あなたのお越しがないので、寄る辺なく消えてしまいそうなこの私です）というものでした。この後の地の文に、筆跡が非常に幼かったとありますが、我々は女三の宮の手紙を直接見られるわけではないので、それは分かりません。つまりこれも、これまで何度か指摘した、源氏物語の歌は、和歌単独ではなく、周囲の地の文と協同して読者にある印象を与える手段の一つだと思いますが、そう割り切って、この歌を地の文から切り離してみた時、この歌は果たして「幼い」歌なのでしょうか。自らは作歌しない私には良く分かりません。自分のことばかり言っているやや自己中心的な歌だとは思いますが、はかなげな美女が私の好みなので（笑）、そういう意味ではそう悪い歌とも思えません。判断は皆さんにお任せいたします。

私が最も幼いと思う宮の歌は、次の若菜下巻にある、「夕露に袖ぬらせとやひぐらしの鳴くを聞く聞く起きて行くらん」（＝夕露に袖を濡らして泣けというおつもりなのでしょうか、蜩が鳴くのをお聞きになりながら起きてお帰りになりますのは）です。しかしこれも、「起き」に「露」の縁語「置き」が掛けられていたり、「蜩が鳴き露が置く夕べは男が女を訪ねる時なのに、あなたは立ち去ろうというのか」という、当時の常識が込められていたり、技巧としては決して幼くはないのですが、それでもそう見えてしまうのは、やはり「物語の流れ」があるからです。

このころ紫上は体調を崩して二条院に移っており、光源氏もその看病につきっきりであったため、宮のいる光源氏の本邸・六条院は人少なになっていました。その隙を突いて、結婚前から宮に思いを寄せていた、光源氏のライバル・昔の頭中将の長男・柏木が忍んできます。普通の宮様ならば、警戒を固めているので突破されはしないのですが、女三の宮のおつきは宮同様、用意に欠けるので、遂に柏木は思いを遂げ、宮は妊娠してしまいます。そうなると当然こちらも体調が悪くなるので、紫上が小康状態であった光源氏は、宮が正妻という義理もあり、直ちに駆けつけます。しかし実際は「おめでた」（まあ、光源氏にとってはあまりめでたくないでしょうが、この時はまだ真相を知らないので）であったことが分かり、そうなるとまた紫上が心配になりますので、光源氏は取って返そうとします。そのとき宮は、実は柏木が特に好きというわけでもなかったので（というか、例によって好きか嫌いかも分からない）、光源氏がいればさすがに柏木は忍んでこないだろうと思い、引き留めてしまうのです。そのときの歌が先ほどのもので、そう思えば宮の心細さは良く出ているとは言えるでしょう。けれど、この引き留めたことが仇となって、証拠の柏木のラブレターを見つけられてしまい、光源氏に全てを知られてしまうのですから、それを知る者の目から見れば、何故このとき引き留めたりしたのか、このまま光源氏を帰してしまえば、或いは密事はもう少しばれなかったかもしれないのにと、どうしてもこの歌が幼く見えてしまうのです。

先ほどの歌と言い、これと言い、宮の歌は「頼りなさ」を詠むものが多いようで、例えばその柏木との最初のやりとりも、

「あけぐれの空にうき身は消えななむ夢なりけりと見てもやむべく」

（明け方の薄暗がりの空に、この私の不運な身は消えてしまってくれればよい。これは夢だったのだと思ってすまされもするように）

という歌です。既にそういう研究はありますが、源氏物語では密通を「夢」と比喩するようで、藤壺も同じような歌を詠んでいますが、彼女の歌は

「世がたりに人や伝へんたぐひなくうき身を醒めぬ夢になしても」

（後々の世までの語りぐさとならないでしょうか。類なくつらいこの身を醒めることのない夢の中のものとしましても）

でした。つまり、宮の歌は信じたくない現実を夢にしてしまいたいという、言わば現実逃避の歌でしたが、藤壺の場合は、たとえ夢にしたとしても、この罪から逃れることはできないという、現実

を見据えたものであるわけです。そういう意味では、確かに宮の歌は「幼い」と言えるでしょうか。

そしてこの現実逃避の傾向は、続く歌々でも変わることがありません。例えば、光源氏に全てを知られた柏木は、それを気に病み、危篤になります。そのとき女三の宮に、「いまはとて燃えむ煙もむすぼほれ絶えぬ思ひのなほや残らむ」（＝もうこの世の最期と私を葬る煙も燃えくすぶって、あなたをあきらめきれぬ思いの火はやはりどこまでもこの世に残ることでございましょう）という歌を送るのですが、それに対する宮の返歌は「立ち添ひて消えやしなましうきことを思ひみだるる煙くらべに」（＝あなたの煙と一緒に私も消えてしまいたいくらいです。この情けない私の物思いの火に乱れる煙は、あなたのとどちらが激しいかを比べるためにも）でしたし、出家した女三の宮を心配して、先に出家した（当時は篤く仏教を信仰していましたので、女三の宮のように罪を犯さなくても、生前の罪障を消滅して極楽往生を祈願するために、大抵の貴族は晩年出家します。特に天皇であった人は、在位中は神に仕える立場であるため、仏に仕えることができず、仏教的にはなおさら罪深いとされていましたので、急死でもして間に合わない場合を除き、ほぼ出家します）父・朱雀院が、野老《ところ》（＝山芋）を贈るついでに、「世をわかれ入りなむ道はおくるとも同じところを君もたづねよ」（＝あなたがこの俗世を捨ててお入りになった仏の道は、わたしより遅くとも、同じ野老＝所、極楽浄土をあなたも尋ね求めてお暮らしになるように）という歌を贈ってきた時の返歌も、「うき世にはあらぬところのゆかしくてそむく山路に思ひこそ入れ」（＝つらく厭わし

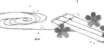

い この世とは別の所に住みたいと思いまして、この私も父院が世をそむいてお入りになった山路に深く心をお寄せしております）でした。このように女三の宮はどこまでもふわふわと頼りない存在であったと思われるのです。

実は女三の宮の歌は全部で七首しかないので、残るはあと二首だけとなりますが、残りの紙幅では二首取り上げることは無理そうです。そこで最後に、彼女自身の最後の歌を紹介して締めくくるとしましょう。それは鈴虫巻で詠まれた、「おほかたの秋をばうしと知りにしをふり棄てがたき鈴虫の声」というものです。

手に入りにくい女性に対してはよけいに燃える光源氏ですから、女三の宮に出家されたあと未練が募り、この頃はしょっちゅう宮のもとに顔を出すようになっていました。この時も、「虫の音が凄いですね。中でも松虫より鈴虫の方が良いと思いませんか」等と言って、さりげなく宮に迫ったとき宮が詠んだのが先ほどの歌です。「あなたがすっかり私を飽きはてているのは知っているけれども、それでも鈴虫の声は棄てられない」という宮の歌は、出家してなお、心の平安を得られていない宮の姿を象徴しているようです。つまり宮は最後までしっかりしない女性であったわけですが、歌そのものもしっかりしていないか否かは、実際に作歌をなさる皆さんの判断にお任せいたします。次節はそういうご要望がありましたので、番外編として、作歌をする時に必要な古典仮名遣いのお話をしたいと思います。

〔番外編〕その１「古典仮名遣いの話」

13でお話ししましたように、「作歌の参考にしたいので、古典仮名遣いのことを教えてください」というご要望がありましたので、本節はその話です。そろそろネタに詰まっていることもあり、こうしたリクエストは大歓迎なのですが、困ったことに源氏物語関係では、それを語るにふさわしい材料はありません。文字の話題が出てくるのは、3で御紹介した近江の君のエピソードを語る箇所の続きの、次のような箇所ぐらいです。

裏には、まことや、暮れにも参り来むと思うたまへたつは、厭ふにはゆるにや。いでや、いでや、あやしきは水無瀬川にを」

とて、また、端にかくぞ、

草わかみ常陸の浦のいかゞ崎いかであひ見む田子の浦波

「大川水の」と、青き色紙一重ねに、いと草がちに、怒れる手の、その筋とも見えず漂ひたる書きざまも、「し」文字長に（この連載で通常テキストにしている小学館の新編日本古典文学全集では「下長に」となっていますが、こういう本文を持つ写本も、結構たくさんあります）、わりなくゆゑばめり。

歌の注釈までは既に3でしてしまいましたので、本節はそのあと、歌について注釈している辺りを見ます。「し」文字長とは、字のごとく「し」のかなを長々と書いたものと思われ（変体仮名では「し」は、もともとあまり下を丸めません。慣れないと今の長音記号（｜）のように見えます）、それは「わりなくゆゑば」んだ（＝やたら気取った）書き方だというのでしょうが、これはもちろん書き方の問題で、仮名遣いを間違えたという話ではありません。

大体、古典の時代の人が古典仮名遣いを間違えるはずがありませんので、そうした話題は、源氏物語以外にも出て来ません。清少納言も、「文字」にうるさい人だったらしく、枕草子にはやたら文字遣いの間違いの話が出てくるのですが、例えばそれは、「ここもとに、「侍り」などいふ文字をあらせばやと聞くこそ多かれ」（＝ここに「です」という言葉があって欲しいと聞くことが多いのです）のように、それらは全て「言葉」の意味で、つまり現代でも良く言われる、言葉遣いの間違いの問題しか書かれていないのです。ついでに言えば源氏物語にも、言葉遣いの間違いの話題は一箇所だけ出て来ます。それは横笛巻の次のようなところです。

三の宮三つばかりにて中にうつくしくおはするを、こなたにぞ、また、とりわきておはしまさせたまひける、走り出でたまひて、「大将こそ、宮抱きたてまつりて、あなたへ率ておはせ」と、みづからかしこまりて、〜

三の宮というのは匂宮のことで、大将というのは、たまたま遊びに来た光源氏の息子・夕霧（匂宮にとっては伯父）のことです。匂宮はまだ三つなので、周りの者が皆、宮である自分に敬語を使うため、自分自身に敬語を使って、「宮抱きたてまつりて」（＝宮（＝僕）をお抱き申し上げて。「たてまつる」というのは謙譲語ですから、「抱く」動作をする夕霧を低めて、結果的に自分を高めているわけです）と言ってしまったわけです。そんなことを言うと、「それは自尊敬語だから良いんじゃないの」と思われる方がいらっしゃるかもしれません。しかし、続く地の文に「みづからかしこまりて」（御自身に敬語をつけて）とありますから、当時としてもこれが正しい表現でなかったことは明白です。そもそもこれまで自尊敬語と言われてきたものは、実は語り手の敬意が表現に混じったもので（自尊敬語の用例は、ほぼ物語文中にあり、物語は語り手が語ることを建前とする）、自尊敬語などというものは実は存在しないのだとする考え方が、最近主流になってきましたので、ここでもその説を採っておくことにします。

したがって、文字の書き方及び言い方のミスの例は源氏物語にありますが、仮名遣いの間違いの話題はないことになりますので、本節は番外編として、他の作品で見ることにします。そうは言っても、先ほども述べましたように、もともとの作品にはそうした話題はありません。しかし、少しずるい方法ですが、写本の問題ならば、それにふさわしいものがありますので、それを使って説明しましょう。それは『伊勢物語』の初段です。

昔の高校の教科書には、ほぼ載っていた、有名な章段でしたが、「ゆとり教育」の教科書は、随分薄くなってしまいましたので、今は載っていません。古典を重視した、新学習指導要領に準拠した教科書に期待したいところですが、かなり短いので、一応全文を次に掲げておきます。

むかし、おとこ、うゐかうぶりして、平城の京、春日の里にしるよしして、狩に往にけり。その里に、いとなまめいたる女はらから住みけり。このおとこ、かいまみてけり。おもほえずふるさとに、いとはしたなくてありければ、心地まどひにけり。おとこの着たりける狩衣の裾を切りて、歌を書きてやる。そのおとこ、しのぶずりの狩衣をなむ着たりける。

かすが野の若紫のすり衣しのぶのみだれ限り知られず

となむをいつきていひやりける。ついでおもしろきことともや思ひけん。

みちのくの忍ぶもぢずり誰ゆへにみだれそめにし我ならなくに

といふ歌の心ばへなり。昔人は、かくいちはやきみやびをなんしける。

ここでは岩波の旧大系本を用いいましたが、引用するだけで既に問題が出て来ました。お気づきの方も多いと思いますが、男は本当は「をとこ」なのに、御覧のようにこの本では全て「おとこ」となっています。これはこの本が底本に定家本系の三条西家旧蔵本を使っているためですが、何が何だか分からないという方もいらっしゃると思いますので、解説しておきましょう。

底本というのは、どの写本をもとにしたかということで、学生にも良く言いますが、古典の作品というのは、「印刷」が無かったので、活字であるはずがないという認識がまず必要です。つまり、教科書も含めて、我々が普通目にする古典は、誰かが写本をもとに活字にしてくれたわけで、それの誰かは、「校注」等という言葉で表紙等に明記されているはずです。写本と言っても、若干の例外を除き（平中物語なんかは一本しかありません）、たくさんありますし、写し方がルーズで、中には信用がおけないものもあります（江戸時代の源氏物語の写本に、通称「嫁入り本」というものが複数あります。文字通り、お金持ちの娘が嫁入りする時、嫁入り道具の一つとして、親が誰かに写させ、持って行かせたものですが、「どうせうちの娘は一生読まない」ことを知っていますから、平気で一頁くらい複数箇所とんでいたりする）から、どの本を選ぶかがまず大切になってきます。それが「底本」なのです。

また、平安時代の作品は、古すぎて平安時代の写本は先ず残っていませんから、鎌倉時代のものが残っていれば、通常その中から選びます。そういう意味では、平安末から鎌倉初期にかけて生き、学識も豊かで信用がおける定家が写したものは理想に近いわけです。しかし、定家の自筆本も消失したものが多いので、実際はそれをさらに写したものを使います。それが三条西家旧蔵本というわけです。しかしそれは、定家の仮名遣いの流れを汲むものと言えるのです。

では何故、定家の仮名遣いの流れを汲むと「をとこ」が「おとこ」になるのか。ここで皆さんにはショックなことを申し上げざるを得ないのですが、実は定家の時代（つまり平安末）には、既に古典仮名遣いは分からなくなっていたのです。そこで定家は、自分なりの仮名遣いを作ってしまい、それが今に「定家仮名遣い」という名で伝わっています。それによると、「男」は「おとこ」となってしまうのです。というのは、定家仮名遣いとは、うんと単純化すると音の高低等によるもので、高い「お」は「を」、低い「お」は「お」のように表記しました。言ってみれば「飴」と「雨」の「あ」を、違う字として表記するようなものです。これによると「男」の最初の音は低いので、表記は「おとこ」となってしまうわけです。

これがもっとも悩ましく作用するのは、「かすがのの〜」の和歌の次にある「をいつきて」で、これは昔からいろんな説があります。というのは、まず物語の粗筋を述べておくと、「昔ある男が奈良に鷹狩りに行った。そこで荒れた都には不似合いな美女二人を見かけたので、たちまち恋に落ちてしまい、たまたま着ていた狩衣の模様が、心の乱れを象徴できる「信夫摺り」だったので、紙よりもそれが良いと判断した男は狩衣をちぎって、「かすがのの〜」の歌を書いた」となるわけで、それをどのようにやったかが、「をいつきて」となるわけです。これがなぜ悩ましいかと言うと、ここにふさわしい「おい」は、古文では「老い」（大人ぶって）と「追ひ」の二つが考えられる。しかし、「老い」は定家仮名遣いだと「おい」でなければならないし、「追ひ」は「をひ」でなければならない。すなわち、どちらを採っても、上か下かの一字が合わないわけで、正にあちらを立てればこちらが立たず、どちらの説も成り立たないわけなのです。この解答は未だ出ていませんから、皆さんも、自分なりの答えを出してみるのも楽しいかもしれません。と言うか、それが古典研究というもの（こういう仕事をしていると、良くまだやることが残っているという顔で見られることがありますが、このように、まだまだ分からないことは多い）ですが、要は、定家の時代に既に古典仮名遣いは分からなくなっていたということなのです。

したがって、現在「古典仮名遣い」と言っているものも、厳密にはいつの時代のものに従っているか良く分からない。であるがゆえに、法則なども多分無い（何しろ、大学者である定家が分からなかったくらいですから）。つまり、極論すれば、何でも良いということになります（これも御覧になったことがおありかどうか分かりませんが、夏目漱石の手紙の漢字遣いなんか、今の私どもの感覚から言えばめちゃくちゃです）が、そうかと言って、全く自由にやったのでは、それこそ恣意的となるでしょう。そこが、ここで例に出した大学者達と私どもとの違いです。大学者ならば何をやろうとも、ある程度は許されるのですが、名も無き私どもはそうはいきません。

ではどうすれば良いのか。

思うに、私も昔は古典仮名遣いが分かりませんでした。いや、正確には、これまでお話ししてきたようなこともありますし、今でも実は分かりませんが、それでも近頃は、いわゆる古典仮名遣いではないものを見ると、「あれっ?」と思えるようにはなりました。つまりは慣れの問題で、仕事も含め、毎日浴びるように古典を見続けている（ギャグとして学生に語るのですが、「宿直」が「とのゐ」、「文書」が「もんじょ」にしか見えなくなったのは、もう二十年以上も前のことです）と、自然と「これはおかしい」という感覚だけは出来てきます。覚える法則というものがない以上、そうするしか方法はないのではないでしょうか。

結論を繰り返しますと、古典仮名遣いを学ぶには、所詮古典をたくさん読んで、慣れていくしか方法はないという、何とも救いようがないことを言わざるを得ませんが、既に紀元前にアリストテレスが言っているように、「学問に王道無し」ということで、仕方がないのではないでしょうか。次節は、これもリクエストがありました、古典文法の学習の仕方についてお話ししてみましょう。

〖番外編〗その2 「古典文法の話」

本節も番外編ということで、「古典文法」のお話をしてみたいと思います。そうは言っても当然のことながら、平安時代の人たちにとっては、今、現在使っている「現代文法」だったので、源氏物語に文法の間違いというのは、残念ながら（?）存在しません。唯一それに近いものとしては、前節でも取り上げた、まだ三つほどだった匂宮が、自分自身に対して尊敬語を使って笑われる、横笛巻の次の記事があるくらいです。

三の宮三つばかりにてなかにうつくしくおはするを、こなたにぞ、またとりわきておはしまさせたまひける、走りいでたまひて、「大将こそ、宮抱きたてまつりて、あなたへゐておはせ」と、みづからかしこまりて、いとしどけなげにのたまへば、うち笑ひて、～

（三の宮（＝匂宮）は三歳ばかりで、宮たちの中でも特にかわいらしくていらっしゃるのを、こなた（＝紫上の所）で、また特別に引き取ってお住ませにならせているのだが、（その宮が）走り出ていらっしゃって、「大将（＝夕霧）、宮をお抱き申し上げて、あちらに連れていらっしゃって」と、自分を敬って、とても無邪気に仰るので、（夕霧は）笑って、～）

源氏物語を漫画化した『あさきゆめみし』には、この部分、もう少し分かりやすく説明した科白が挿入されているのですが、もちろんこれは、身分の高さゆえ、普段尊敬語を使われ慣れている匂宮が、うっかり自分の動作に尊敬語を使ってしまったというのが、おかしい点なのです。そう言うと、「あれ、古文には確か自尊敬語というのがあったんじゃないの?」と思われる方もいらっしゃるかも知れませんが、あれは基本的に帝だけに見られる敬語です。もっとも匂宮も、源氏物語はそこに行くまでに話が終わってしまいますが、何度も「将来は帝だ」と評される人物ですから、もしそれで良ければ、先取りして成立しないこともないような気もします。しかし最近の学説では、物語というのは小説と違って、語り手が語るという体裁を必ず取りますから、これまで自尊敬語と見られていたものは、実は語り手の敬意が反映してしまったもので、帝と言えども自分で自分を尊敬することはないのだとされていますから、ここでもそれを踏襲することにします。つまりこの表現は明らかに文法ミスで、だからこそ、かわいいとは言え、笑われてしまうのです。

先ほども申したように、ほぼ完璧に文法ができている平安時代の物語の中で、文法ミスと言えるのはこれぐらいなものですが、良く考えると現代でも、「お父さまはご在宅ですか?」と聞かれると、「はい、ご在宅です」とつられてしまうことはありますから、ミスとするには酷なような気がします。つまりは物語の文例から文法ミスを拾うことはできないわけで、それでは物語以外からと思い、『枕草子』なども探してみました。文学者ですから当たり前かも知れませんが、清少納言も言葉にうるさい人で、「最近の若い人は間違った言葉ばかり使っている」(これって、平安時代からあったんですね(笑))とか、平安貴族なのでこれも当たり前ですが、差別意識も強いので、「下々の者は言葉遣いがなってない」などという発言は、『枕草子』のそこここにあるのですが、良く分析してみるとそれらは、まさに言葉遣いのことばかりで、今のように、「「ら」抜き言葉はけしからん」などという、文法的なことではありません。したがって物語以外からも、文法ミスは拾えないことになります。

ですから、「平安時代も、こんな文法ミスがあったので、皆さんも気をつけてください」という話にはできないわけで、そうなると、どうすれば古典文法が覚えられるかという用例を示すのは大変難しいのですが、私の考えではまず、今と昔では発想法が根本的に違うのだということを学ぶところから始めれば良いと思います。例えばそれは完了と過去です。

現代文法では、完了の助動詞も過去の助動詞も「た」ですから、何となく過去と完了は同じものだと誤解して、英語の授業で泣いたりするのですが、英語の先生が言われるように、過去と完了は根本的に違います。例えば、教科書に載っているので多分ほとんどの方が御存知の、『伊勢物語』の第九段・東下りの一節に、「はや舟に乗れ。日も暮れぬ」という渡し守の科白があったことを覚えておられるでしょうか。

「ぬ」は言うまでもなく完了の助動詞ですが、ここでは「日も暮れてしまった」ではありません。当時の舟には照明がありませんから、普通は夜に航海はできません（もちろん特別な場合は別です）ので、渡し守は「日も暮れてしまうから早く乗れ」と、ぐずぐずしている業平一行に言ったのですね。そして、どの『伊勢物語』の訳本を見てもこの部分は、「日も暮れてしまう」と訳されているので、皆さんも必ずそう習ったはずなのですが、どなたも疑問に思われなかったのでしょうか。くどいようですが、「ぬ」が完了であるにも拘わらずです。

もちろん正解は英語と同じで、完了というのは時制（過去・現在・未来）ではなく、どの時点にせよ動作が完了することを示すので、英語風に言えばここは未来完了になるわけです（つまり、未来において日が「沈んでしまう」）。けれども古典の助動詞には未来を表すものがありませんので、形の上では現在完了（〜テシマッタ）と同じになってしまう。だからここは確かに紛らわしいのですが、それでも皆さんはさらっと状況が理解できたはずですから、見分けられないはずはないのです。もちろん古典文法には過去の助動詞はありますから、「にき」「にけり」（「に」は言うまでもなく「ぬ」の連用形。「き」も「けり」も連用形接続助動詞なので、この形になります）は存在します。これは言わば過去完了で、「過去」と「完了」が同時に存在するのですから、「過去」と「完了」は違うのだという結論に、当然辿り着いて良かったはずなのです。先ほども指摘した現代語の助動詞「た」は、実は完了の「たり」が変化したもので、つまりその辺りの時代から、日本人にとって過去と完了がごちゃごちゃし出したということになるのですが、古典文法はそれがスッキリしていた時代ですから、それを学ぶとすれば、先ずはそのように割り切らなければいけないということなのです。

余談に近いですが、それには英文法が大変参考になります。日本語には単複がないなどと良く言われますが、それも真っ赤な嘘で、古典文法にはちゃんと単複があります。それは「ども」と「たち」で、目上・目下によって使い分けます。だから「子ども」は結構ですが、「親ども」と言われたら、多分大抵の親御さんはむっとされると思います（「野郎ども」はもちろんOK（笑））。ですから古文においては「子」が単数（child）で「子ども」は複数（children）。それが忘れられつつあるので、「子どもたち」なんて変な日本語が誕生するのです。「友達たち」が成立しないいんですから、それが変なのは分かるでしょう。もっとも、最近「友達たち」を使う人も、若干出て来てはいるのですが。

ですから私としては、少し奇異に聞こえるかも知れませんが、古典文法を学ぶためには、まず英語をやるべきだと思います。例えば、ほとんどの人がその意義が分かっていないらしい係り結びの法則も、強調構文なのですから、私に言わせれば It ~ that 構文です。つまり、強調したい語の下に係助詞をつけて目立たせるのです。

例えば先ほどのつながりで、『伊勢物語』第九段から例を挙げれば、例の、「から衣きつつなれにし妻しあればはるばる来ぬる旅をしぞ思ふ」は、言うまでもなく「ぞ思ふ」が係り結びで、何を思うのかと言えば、「ぞ」が付いている「旅を」で、それを強調しているわけです。この場合「旅を」の下、「ぞ」の上についている「し」も強調ですから、随分「旅を」を強調しているということになるのですが、なぜそんなに「旅を」を強調しているのか、或いはなぜ「旅を」思うのかと考えてくれれば、それは結局同じ答えで、上からの流れで、「妻」がいるから（これにも「し」が付いて強調されていることに注目してください）「はるばる来」た「旅」を「～」と思うわけですから、そこは当然「淋しい」が入ります。ここにある「ぞ」やら「し」やらは、その淋しさを強調していることになり、だから何も書いてありませんけど、ここの訳は、「旅を淋しく（或いは「しみじみ」）思うのだ」となるわけです。

これが係助詞（或いは強意の副助詞）の役目で、決してむだに付いているわけではありません。良く高校の古文で、「取っても意味が変わらない」と教えているのは嘘です。現代語には強意表現が圧倒的にないので、そのニュアンスを伝えきれず、「変わらなく見えている」だけなのです。ですから、古典文法を正しく理解するためには、古代人のその感覚を理解しなければなりません。私に言わせればそれは、英文法と大変近く、かつ、現代人はそちらの方が得意でしょうから、まずそれをやれば良いと思うのです。

何だか狐につままれたような気がするかも知れませんが、それはこういうことなのです。古文ではなく漢文になってしまいますが、例えば「虫」が付く漢字を考えてみてください。「蝶」「蜂」「蟬」などは良いとして、「蜘蛛」は現代では昆虫ではないことになっていますが、六本足か八本足かなどは、現代人でも専門家以外は気にならないでしょうから、まあ良いとしましょう。しかし、「蛇」「蟹」「蛤」「虹」などになるとどうでしょう?

「虹」から片付けてしまえば、古代人は「蛇」を水神だと考えていたので、雨の後に良く出る「虹」は、巨大な蛇だと思っていました。だから「蛇」と「虹」は似た字になるのですが、その「蛇」は現代人には「虫」に見えるでしょうか?「これはたまたま虫という字が入っているのだ」と考える人がいるといけないので補足しておきますが、地方によっては、「蛇」を「長虫」と言いますから、「蛇」はやはり「虫」なのです。だとすると、たとえ足が何本であろうが(つまりゼロでも)、古代人にとっては、地を這うものは全て「虫」なのだという気がしてきますが、今のところこれは私の推測で、裏付けは取れていません。しかし、古文においては「蛾」も「蝶」と言いますから(まあ、確かに見分けは付きにくいですが)、現代人とは違った物の見方、分類の仕方があったのだという考え方自体は間違っていないはずです。

すなわち古典文法を身につけるというのは、そうした古代人の発想法を理解するということで、それ無しには古典文法を完全にマスターするのは難しいでしょう。私に言わせればそれは時間的変化で、似たようなことは空間的にも起こり得ますから、だから外国語を学べということになるのです。

自分が普段使用していない言語を学ぶということは、自分とは離れた文化体系を学ぶということで、時間でも空間でも、己が得意とする分野でそれを身につければ良いというのが本節の結論ですが、14はそのつながりで、源氏物語の英訳における和歌の扱いについて、少しご紹介してみましょう。

14 英訳源氏物語における和歌

源氏物語は現在、三十か国語ぐらいに翻訳されているそうです（私も全部見たわけではないので）。そのうち一番多いのは当然ながら英訳で、「完訳」と言われるものだけでも、一九三三年に完結した、アーサー・ウェイリーによるもの、一九七六年に完成した、エドワード・サイデンステッカーによるもの、二〇〇一年に完成した、ロイヤル・タイラーによるものと、三種類あります（部分訳は数多い）。もっとも、ウェイリーによるものは、鈴虫巻を跳ばしているので、厳密には「完訳」とは言えないのですが、ウェイリーによると、鈴虫巻は何も事件が起こらず退屈（表面的にはあっています）なので跳ばしたとあり、うっかりではなく、信念に基づくものらしいのと、この訳が重訳されるなどして、欧米諸国に源氏物語を広めるのに非常な貢献をしたので、普通「完訳」の中に入れます。

そこで今回はこの英訳における源氏物語の和歌についてお話ししてみたいのですが、当然ながら難しいものがあります。なぜなら、和歌の別名である「三十一文字《みそひともじ》」は、当たり前ですが日本語の文字で数えたもので、アルファベットとは何のゆかりもないからです。ローマ字を考えてみてもお分かりのように、日本語はa・i・u・e・oの五つの母音を除いては、だいたい子音一つと母音一つからなっており（chiとかkyaとかは当然違います。tiは、外国人に発音して貰うと、だいたい「ティ」になるようで、「チ」の音を表記するには不適切であるようです）、したがって三十一文字は、アルファベットに換算すると約六十二文字ということになりますが、これでは何の意味もありません。

御存知でしょうが英語の詩は、日本の現代詩のように改行され、日本と確実に違うところは、ほぼ偶数句に脚韻を踏んでいるという点です。これも御存知でしょうが韻というのは、母音の部分を同音に揃えるということで、句の頭を揃える頭韻に対して、最後を揃えるのを脚韻と言います。他の国の言語は母音が二十近くあるので（隣の韓国なんか、何と二十四あります）、こうした技巧も使えるのですが、日本のように母音が少ないと、この技法は母音の繰り返しではなく単語自体の繰り返しとならざるを得ず、かえって単調なリズムを作り上げてしまうと、高校時代、三好達治の詩「甃《いし》のうへ」を教材に教わった記憶があります。「あはれ花びらながれをみなごに花びらながれ～」という、あれです。ここではつまり脚韻が、「ながれ」という同一語の繰り返しに過ぎなくなり、この作品では違うかも知れませんが、下手をすると表現の幅を狭めてしまうというわけです。

ましてや和歌においては、折句（各句の頭の字を繋いでいくと一つの単語になる。有名な、「唐衣きつつなれにし～」の「かきつは（ば）た」等）や沓冠《くつかぶり》（各句の頭の字と最後の字を繋いでいくと一つの文になる。有名なものは、残念ながらありません）の技法でもない限り、各句の最初や最後に意味を持たせるなどということはありませんし、石川啄木等、若干の例外はありますが、改行することも普通ありません。ですから和歌を英訳することは非常に難しいのです。

もっとも、難しいのは現代日本語に訳す時も同じで、あれが訳か、という問題はありますけれど、橋本治の『窯変源氏物語』のように、ちゃんと現代語に直してあるものもありますが、ほとんどは歌だけ原文をそのまま載せて、その後に現代語訳をつけているか、甚だしきは与謝野晶子のように、全く訳していないものもあります。いずれにせよ日本人なら、形でこれは和歌なんだというのが分かりますが、先ほど述べましたように英語圏では、詩の形が全く違うので、仮に現代語訳のように、原文の和歌をそのまま残しておいたとしても、向こうの人はそれが和歌（＝詩）ということすら分からないと思います。ですから英訳ではどうしても和歌を翻訳する必要があるわけで、現にそうしてありますが、訳す人によってこれも色々です。

まずアーサー・ウェイリーは、和歌を五行詩（そう言えば和歌は五句ありますから、一句ずつ改行すれば確かに五行になります。ただ、私の後輩である緑川真知子著の、『『源氏物語』英訳についての研究』（二〇一〇年発行。武蔵野書院。彼女の博士論文）によれば、英語は四行詩が普通であって、五行詩は通常ないんだそうです）として捉えていたようで、なるべく五行に近づけようとはしていますが、良くある三行詩で訳してある部分もありますし、歌として訳さず、地の文に取り込んでいるところの方が多いです。

また、サイデンステッカーとタイラーは、共に本文とは改行して二行の詩として訳していますが、タイラーはイタリックであるに対して、サイデンステッカーは本文と同じフォントを使っています（この指摘は先ほどの緑川の著書にもあります）。これが、翻訳者によって訳し方は色々という意味ですが、抽象的な話ばかりしていても余り面白くありませんから、緑川の著書の助けを借りつつ（何せ、緑川の旦那さんはオーストラリア人ですし、英語力においては、彼女の方が私より遥かに上ですから）、一つ二つ例を挙げていくことにしましょう。

先ずは、緑川が例として引く、須磨巻巻末で、心配して訪ねてくれた宰相中将（昔の頭中将）を見送る時の光源氏の歌、「ふる里をいづれの春か行きて見んうらやましきは帰るかりがね」（＝故郷をいつの春になったら帰って行って見ることができるのだろうか。うらやましいのはこれから帰って行く雁―あなたです）です。サイデンステッカーはこれを、

"In what spring tide will I see again my old village?
I envy the geese, returning whence they came."

と訳します。もともと日本語であったものを訳したのがこれですから、もう一度訳すのは妙な気もしますが、念のため現代日本語訳をしておけば、「私が再び故郷の村を見られるのはいつ

の春なのだろうか。私は、来たところに帰って行く雁たちがうらやましい」ぐらいでしょうか。

一方タイラーは、

"*O when will I go, in what spring, to look upon the place I was born?*
What envy consumes me now, watching the geese flying home!"

です。同様に訳しておけば、「ああ、私はいつの春になったら帰れるのだろうか。私が生まれた場所を見に。今、私は心の底からうらやましい。故郷に帰っていく雁たちを見て」でしょうか。ちなみにウェイリーはこの歌も訳してません。

比較すれば若干の違いはありますが、どちらもほとんど同じ単語を使用しています。意味が同じである以上、これは当然のことなのですが、緑川によるとタイラーは、音節を五、七、五、七、七に揃えているのだそうです。すなわち、「*O when will I go*」は、それぞれ一音節の単語なので計五音節、「*in what spring, to look upon*」は、「*upon*」だけ二音節の単語なので、計七音節、「*the place I was born*」はやはり一音節ずつの単語なので計五音節、「*What envy consumes me now*」は「*envy*」と「*consumes*」が二音節なので計七音節、「*watching the geese flying home*」は、「*watching*」と「*flying*」が二音節なので計七音節と、単語ではなく、意味のまとまりごとに、音節を五、七、五、七、七に揃えているのだと言うのです。

英単語の音節など、辞書を見ながらでないと数えられない私としては、緑川の言うことを素直に信じるしかありませんが、彼女の言によれば、「英語で俳句や短歌を作ることにおいて、このような傾向が見られる」とのことですから、そういうことが行われ出して初めて、日本語において、五、七、五、七、七のリズムが如何に大切か、英語圏の人にも理解されるようになったのでしょう。ですから我々日本人も、改めてこの五、七、五、七、七のリズムを大切にすべき、等と言うと、「何を今さら」と思われるかも知れませんが、それはこういうことなのです。

緑川も「大半の英語の単語は一から三音節ぐらいで成り立っている」と述べているように、例えばinterestingなどという、比較的長そうな単語を思い浮かべても、それはせいぜい四音節であるように、五音節を超える単語は少ないと思われます。だとすると、日本語の音節に、それに該当する英単語を当てていくというのは、表現的にも制約が大きすぎて不可能となるわけで、勢いこのように複数の単語を当てざるを得ません。それは逆の場合も然りで、例えばドレミの歌の「シは幸せよ」は、原詩では、「Tea, I drink with jam and bread」（＝ティーは紅茶のお供にジャムとパン。英語では「シ」を「ti」とも言う）となっています。比べてみれば情報量の差は歴然としています。つまり、同じ音節でも英語の方が長く複雑な意味が込められるわけで、最近の日本の歌が早くなってきているのは皆さんも感じていらっしゃると思いますが、どうもこの影響ではないかと思われます。つまり、音数を細かくして数を増やし、多くの単語を当てようとするからあのようになるわけで、と言うことは逆に、和歌の場合はゆったりしたリズムが大事なのではないかと、素人的には愚考します。平安時代には朗々と吟じていたりもしました。

英語と比較してもう一つ分かる和歌の特徴は、「余情」ということです。余り有名なものではないのですが、後に説明するような理由もあり、須磨巻の光源氏の、次のような歌に注目してみましょう。

山賤《やまがつ》のいほりに焚けるしばしばもこと問ひ来なむ恋ふる里人

（山里の、身分の低い者の小屋で焚く柴ではないが、しばしば便りを寄こしてほしいものだ、都の恋人よ）

これをタイラーは、

"Ever and again,as the mountain folk burn brush on their humble hearths
day after day, how I long for news of my love at home."

（毎日その慎ましやかな暖炉で山の民が焚く柴のようにしばしば、どんなに私は故郷の恋人からの知らせを待ち望んでいることか）

と訳しています。日本語では同音である（すなわち掛詞）「柴」と「しばしば」が、英語では表現できていない（「*Ever and again*」と「*brush*」）のは当然として、照らし合わせてみればお分かりになるように、かなり優れた訳ではあるのですが、肝腎なのは歌の最後です。「恋ふる里人」は体言で終わっていますから、言うまでもなく体言止めで、そこに余情が生まれている（現代語訳で言うと「よ」に当たる）のですが、英訳ではやはり「home」という体言で終わっているものの、日本人的発想をすれば、これは前に係っていく言葉であり、体言止めとは言えないでしょう。もちろん「how」がそのニュアンスを示しているのですが、感嘆文と余情表現は、やはり違うものではないでしょうか。

実は体言止めによる余情表現と言えば、パッと頭に浮かぶ夕顔巻の夕顔の歌「心あてにそれかとぞ見る白露の光添へたる夕顔の花」を例として避けたのはその辺りに理由があります。これはタイラー訳ではたまたま末尾が「*a twi-light beauty flower*」（＝夕顔）となり、見た目が同じとなってしまうので、この違いが示しにくかったためなのですが、この例ならはっきり分かると思います。つまり英語では余情表現が示しにくいということで、この辺りを大事にして作歌をなされると良いと思います。

リズムと余情、この他にも作歌に重要な要素はいくらもあるでしょうけど、英語と比較した場合、その二つが特に日本語の特徴として読み取れるという話を今回はしてきましたが、調子に乗って⑮では、源氏物語の中国語訳を見て、同じアジアの言語ではどうなのかをお話ししてみましょう。

15　中国語訳源氏物語における和歌

14では英訳源氏物語の中にある和歌と比較することによって、和歌の特徴を見てきましたが、本節では同じアジアの言語ということで、中国語訳を見てみます。英語とどこが違うのかと言えば、もちろん多く上げられるのですが、分かりやすい例を挙げれば季節が違います。どこの国でも四季は同じ（いや、これとてアフリカやアラスカでは違うと言えば違うのですが、日本と同じ亜熱帯から亜寒帯までの国に範囲を限れば、一応「同じ」と言えます）ですが、言ってみればその中間の「季」が違います。もっと分かりやすく言えば「梅雨」です。日本でも北海道には梅雨はないらしいですが、ましてや英語の祖国、イギリスにはそんなものはありません。ですから「梅雨」を英和辞典で引くと、「rainy season」（何か違う！）と出て来ますし、実際にウェイリー訳源氏物語では梅雨時の話である「雨夜の品定め」の所に、downpour（＝どしゃぶり）とあるのは既に指摘されています。もちろん梅雨は漢語ですから、中国語訳ではこのような問題は生じません。しかし、これからお話しするように、なまじ同じ字を使っているというのが曲者で、それでいて若干意味が違ったりしますから、「思わぬ誤解」が生じたりします。

これは源氏物語の例ではなく、日常会話に属することですが、「手紙」と言えば中国ではトイレット・ペーパーのことですし、昔、私の研究室にいた中国人留学生から聞いたおもしろいエピソードとしては、彼が初めてお風呂屋さんに言った時、「男のスープ・女のスープって何だろうと思った」というのがあります。少し中国語ができる方はお分かりと思いますが、中国では「湯」（タン）というのはスープのことですから、「男湯・女湯」がそう見えたという話です。実際のところは訳者に確認してみないと分かりませんが、私が見るところ、それで生じたのではないかと思われる誤訳が、中国語訳には若干見られるという論文をかつて書いたことがありますので、今回の話はそれをもとにしています。

詳細に入る前に、もう少し対象を限定しておかなければなりません。と言うのは、中国では意外と今「源氏物語ブーム」らしく、少し前なら二つしか全訳は無かったのですが、今となっては雨後の竹の子の如く現れ、正確な数は誰にも分からないほどになっているからです。そうは言っても、あとから出てきた訳は皆、日本の源氏物語の注釈書や現代語訳を重訳したもので、「取るに足らない」というのが専門家の一致した評価なので、ここでもその、元からある二つを話題にしましょう。一つは台湾の大学の先生・林文月が訳したもので、もう一つは中国大陸の作家・豊子愷《ほうしがい》が訳したものです。

正確に言っていると長いので、今まで漠然と「中国」と呼称してきましたが、中華民国

（＝台湾と略称します）と中華人民共和国（＝大陸と略称します）の二つに分かれていることは言うまでもありません。同じ民族のはずですが、結構こだわりがあるらしく、細かい部分が違います。台湾は繁体字（＝日本の旧字体と全く同じです。ですから古典ができる人は、こちらの方は完全に読めます）、縦書きで、大陸は簡体字（＝日本とは違う視点で漢字を省略した字。言ってみれば新字体のようなものですが、日本では使ってない字が多いので、読むのに一苦労します）、横書きです。宮崎大学の中国語の先生の解説によると、この二つはポリシーなので、絶対に違えることはないそうです。ですから源氏物語の訳もそうなっており、台湾訳の方が読むのには楽で、もちろん単純ミスがあるわけでもないのですが、少し事情が分かっている私などが見ると、「これ、本当に中国の人は分かるのかな？」というところが結構あります。

　例えば、源氏物語の巻名は皆そのままなのですが、「匂」という字は国字（日本で作った漢字）ですから、第四十二帖「匂宮」など、「分かるのかしらん」とか思ってしまうわけです。これから御紹介する予定の豊子愷訳は、「匂是日本人造的漢字、其発音為niou。意義是香」（原文は簡体字で書いてありますが、普通のワープロソフトでは出ないのと、読みにくいので、以後も、日本で用いている字に直します）と、ちゃんと解説が付いています。また、第十七帖の「絵合」も、「～合」というのは、ただ合わせることではなく、「競う」ことだというのも、中国の人にはキツイのではないでしょうか。これも豊氏訳ではちゃんと、「賽（＝競）画」と訳してあります。ですから私は、豊氏訳の方が良いと思っていますので、以後はそちらの訳を中心に話を進めます。

「源氏物語と和歌」というテーマでありながら、今までずっと散文的な話ばかりしてきましたから、そろそろ和歌の話に移りたいと思いますが、豊氏訳では和歌は、二行詩の形に訳されています。例えば源氏物語最初の和歌「限りとて別るる道の悲しきにいかまほしきは命なりけり」（＝これが定めのある寿命なのだと思ってお別れする死出の道の悲しさにつけても、行きたい（＝生きたい）のは命でございます）は、「面臨大限悲長別、留恋残生嘆命窮」（＝直面する寿命の尽きる時（＝終わり）。」（本当は、点のところで改行して二行になっているのですが、スペースの関係で続けます。以下同じ）とされています。これは一見「聯」（＝れん。律詩等に見られる二句のまとまり）のようにも見えますが、次の、「宮城野の露吹き結ぶ風の音に小萩がもとを思ひこそやれ」（＝宮中を吹き渡る風の音を聞くにつけても涙が催され、若宮の身の上が思いやられます）という歌は、「冷露凄風夜、深宮泪満襟。遥憐荒渚上、小草太孤零。」（これは丸で改行）と訳されており、五言絶句のようにも見えます。しかし、押韻はまったくされていませんから絶句ではないと考えれば、これは五言古詩としか考えようがないでしょう。

古詩というのは、絶句・律詩等、いわゆる近体詩が発生する前の形で、文字通り古い形式です。豊氏訳源氏物語は、例えば「人形《ひとがた》」（今の人形の前身ではありますが、平安時代は遊具と言うより、己の身の汚れを移して流すものです。今も神社の大祓等で使われています）を、『史記』が出典の「芻霊」（草で人形を作り、災いを移した後、船で海に流す。つまり日本の人形と全く同じもの）と訳していますから、日本の「古文」を訳すに相応しく、中国でもわざと古いものを使ったのでしょう。ならば詩を古詩にすることはもっともと言えます。ただ、そのため豊氏訳は中国人にも難しく、よほど学のある人でないと分からないという欠点を持つものだと は聞いています。それに比べて林氏訳は、和歌こそ同じく古詩で訳してあるものの、地の文は平易な中国語であるようで、分かりやすさという点では、林氏が優ると言えましょう。ただ、「分かりやすい」ということと「良い訳」というのは別物ですから、本節ではこのまま豊氏訳を見ていくことにします。

さて、豊氏訳では源氏物語の和歌は、先に述べたように古詩を用いて比較的上手に訳してありますが、当然のことながらこぼれ落ちていく部分も存在します。先ほど例示した源氏物語最初の和歌は、日本人が解釈するのにも難しいもの（「いか」が「行か」と「生か」の掛詞。すなわち、「行きたい」のは死出の道ではなく、この世に「生きたい」）ではあるのですが、掛詞が存在しない中国語ではそれが表現できないのは無理ないとしても、原文ではこの歌は次の更衣の言葉、「いとかく思ひたまへましかば」（＝本当にこんな思いをすると分かっていたならば……）に直結します。その「……」の部分に、「光る君を皇太子にとお願いしておけば良かった」

という更衣の思いがあるか否かは、専門家の間でも意見が割れていますので本節でも判断は保留しておきますが、それを豊子愷は「早知今日……」と訳します。「……」がちゃんとあるのは見事としか言いようがありませんけれども、「かく」（＝このように）は出ていない。言うまでもなく「かく」は指示語ですから、ここでは直前の和歌に表されている思いを指し、そういう意味で「直結」と評したわけですが、豊氏訳ではそれが出ていない。いや、これも日本語と中国語の違いからやむを得ないことと言えないわけではありませんが、この辺りに和歌の特性があるように思うのです。

ここで出す用語として適切かどうかは迷いますが、源氏物語には、江戸時代の中島広足《ひろたり》という学者が指摘した、「移《うつ》り詞《ことば》」という現象があります。それは、大和書房の『源氏物語事典』（二〇〇二年刊）によると、「会話文、あるいは内話文（＝心中思惟・山田注。最近の源氏物語研究ではこちらの表現が普通です）と、地の文との自在で自然な相互推移の現象」となります。そこに挙げられている例文も引用すると、「ただすこしとき下して、親にいま一たびかうながらのさまを見えずなりなむこそ、人やりならずいと悲しけれ。いたうわずらひしけにや、髪もすこし落ち細りにたる心地すれど、何ばかりもおとろへず、いと多くて、六尺ばかりなる末などぞうつくしかりける」（＝髪をほんの少し解き下して、親にもう一度、この出家する前の姿を見せられなくなることが、自ら選んだことではあるけれども、やはり悲しいのであった。病にひどく苦しんだためであろうか、髪も少し抜けて、毛が少なくなったように思われるけれども、（それは気のせいで）、実際は少しも衰えず、大変豊かな髪で、六尺ばかりであった毛先もかわいらしいのであった・山田訳）という、出家を決意した浮舟が母を思い出す場面が手習巻にありますが、その「親にいま一たび～」の部分は浮舟の心中思惟（＝内話文）なのですから、本来は「～と思った」という表現がどこかにあるべきですが、御覧のようにそんなものはどこにもなく、「何ばかりおとろへず～」以下の、地の文へとなだれ込んでいきます。

これは源氏物語に顕著な用例ではあるのですが、確かに日本語というのは、文と文との境目が曖昧で、切れるともなく続いていくような気がします。それが日本語の分かりにくさを生み出す一つの要因ともなっているのです。ところが漢文、ひいては中国語はそうではありません。五言なら五言、七言なら七言という纏まりがはっきりしていて、非常に分かりやすい構造になっています。喩えば、夏目漱石と森鷗外の文体の差と言っても良いかも知れません。言うまでもなく森鷗外は、非常に漢文に長けた人でした。ですから日本語では桐壺巻の例のように、和歌（＝韻文）と地の文（＝散文）という、西洋の概念では全く対立するものも直結することが出来るのですが、中国語ではそれはできないのです。

言いましたようにそれは、曖昧で分かりにくいという日本語の欠点ともなっているのですが、欠点をあげつらっていても仕方ありません。良くも悪くも日本語とはそういうものなのですし、「和」歌、古くは大和歌《やまとうた》と言ったように、和歌は日本語の特性を生かした芸術なのです。むしろその曖昧さを生かすところにこそ道があるのではないでしょうか。

「秘すれば花」と世阿弥は言い、芭蕉は「言ひおほせて何かある」と言いました。正にその、言わば「丸み」と言ったようなものが、日本韻文の神髄なのだということが、源氏物語の中国語訳を眺めた時に見えてくる結論なのですが、如何でしょうか。

⑯では再び和文の源氏物語に戻り、今まで取り上げてこなかった光源氏の和歌についてお話しすることにしましょう。

16 物語の節目を示す歌・光源氏の和歌

源氏物語の和歌についてこれだけお話ししながら、主人公・光源氏の和歌についてはまだだったと、15でやっと気がつきました。これは私が光源氏があまり好きではない（笑）という理由によるところが大きいと思いますが、別に感情的な理由で嫌っているわけではありません。谷崎潤一郎にしろ瀬戸内寂聴にしろ、光源氏があまり好きでない大作家は何人もいて、その理由は、「光源氏という人物の統一的イメージが浮かんでこない」、「光源氏は所詮狂言回し」というもので、私が光源氏を嫌いというか、あまり分析する気になれないのも、正にそこに理由があるのです。

しかし、いやしくも彼は源氏物語の主人公なのですから、彼の和歌の話をしないというのもやはり良くないでしょうし、どうして今までそれが出てこなかったのか、疑問に思われた方もいるでしょう。先に記したような理由で「忘れてた！」というのが正直なところですが、思い出した以上、ここでお話ししておきます。

ただ、当然のことながら彼の歌は、源氏物語の登場人物で最多の、二百二十一首もありますから、これだけの頁数で、その全て、或いはその傾向をお話しするのは難しいことです。そこで、いつもよりさらに恣意的になってしまいますが、私の心に特に残っている彼の歌を取り上げてお話ししたいと思います。

既に何度か申し上げているように、私には歌の善し悪しが分かりませんから、どうしても学問的発想になってしまいます。そういう意味で最初にご紹介する歌は、彼が人生で初めて詠んだ帚木巻での歌、

「つれなきを恨みもはてぬしののめにとりあへぬまでおどろかすらむ」

（あなたのつれなさを、いくら恨んでも恨みきれずにいるのに、空が白んできて、どうして鶏まで が取るものも取りあえぬほど慌ただしく、この私を起こすのでしょう）

です。これは、光源氏の最初の恋が語られる、空蟬に贈った歌です。彼はその前に葵上という正妻を貰っていますが、この当時の正妻の常として、それは恋愛ではなく、親同士が決めたものので、それでも和歌の贈答がある場合も現実にはあるのですが、光源氏の場合は十二歳と、まだ子供だったためか、和歌は一切描かれていません。と言うか、これは葵上の特徴と言われているのですが、彼女は歌を一切詠まないヒロインで、そのためか光源氏も、彼女に対しては歌を詠みかけていません。多分これは、彼女と光源氏が心を通わさないことを示す現象だと思われます。そういう論文を書いてはいるのですが、あまりに専門的になるのでここでは説明しま

せんけれど、葵上は光源氏と心を交わしてはいけない存在として造型されていると思われますので、こういう現象が起こるのでしょう。

また、後の記述を見ると、六条御息所や朝顔とも、ほとんど同時期に愛を語らっているはずですが、それらの話は後にしか出て来ませんので、便宜上、空蝉を光源氏最初の恋人と呼んでおきます。例によって回りくどい説明となってしまいましたが、最初の恋人に対して人生最初の和歌が出てくるのは、当時としては当然です。もちろん和歌は恋の歌ばかりではなく、叙景歌などもあるのですが、それらを詠むのは、当時の男の貴族の一生を考えると、もっと年を取ってから、実際に旅に出たり、宴席でそういうテーマの歌を求められたりしてからのことで、この時点で光源氏は十七歳で、しかも当時の恋愛には和歌が「会話」代わりなのですから、人生最初の歌が恋の歌になるのもまた当然です。

それがあの歌なのですから、どうでしょう？　当時の十七歳はもう立派な大人ですから、つれない恋人に恨み言を言うという言い回しは良いとして、今もある「(取るものも)取り合えぬ」の「とり」に、「しののめ」＝夜明けですから、鶏の鳴き声をかけてみるという発想はなかなかというような気がするのですが、如何でしょうか？　ついでに言うと相手の空蝉は、歳は光源氏より少し上だったようですけど人妻ですから、随分おませな歌と言えます。ただ、事実一般的にそうであったかどうかは、記録が少ないので何とも言えませんが、『伊勢物語』の在原業平と言い、物語世界では人妻に恋の手ほどきを受けるというのは常道のようですから、少なくともこれが、当時の男性貴族の理想型ではあったのでしょう。

光源氏の歌は二百二十一首もあると言っておきながら、次に御紹介するのはその最後の方の歌というのも唐突ですが、学問的に言うと、最初の歌と最後の歌は非常に重要（その二つさえ抑えておけば、その大枠は理解できるし、結局どこまで進歩したかも分かるから）なので、次は二百十六首目、幻巻の、

「大空をかよふまぼろし夢にだに見え来ぬ魂の行く方たづねよ」

（大空を自在に行き交う幻術士よ。せめて夢の中にでも見えてくれればよいのに、それすらかなわないあの人の魂の行く方を捜し出しておくれ）

を見てみましょう。この歌を印象深く覚えているのは私だけではないようで、既に亡くなられましたが、元慶應義塾大学教授で、源氏物語研究者である池田彌三郎が出された『光源氏の一生』（講談社現代新書・一九六四年）では、この歌と明らかにこれと呼応すると思われる、光源氏の父・桐壺帝が桐壺巻で詠んだ歌、

「たづねゆくまぼろしもがなつてにても魂のありかをそこと知るべく」

（亡き更衣の魂を捜しにゆく幻術士がいてほしいものよ。そうすれば、人伝にでもその魂のありかをどこそこと知ることができるだろうに）

と対応させ、「光源氏の一生」を、意識しなかったかも知れないが、父のそれを辿り直したものであるとまとめられています。にわかに思い出せませんが、おそらく私が大学生くらいの、研究者として駆け出しの頃この本を読んだので、逆にこの歌を印象深く記憶しているのかも知れません。

それはともかく、この二つの歌にあり、それに巻名ともなっている「まぼろし」とは、幻影ではなく、訳にある通り幻術士のことです。それはおそらく日本ではなじみが薄いでしょうが、一種の仙人で、本物かどうかは別として、古代中国にはそう自称する人はいたようです。この二つの和歌はもともと、楊貴妃を亡くした玄宗皇帝の悲しみを詠んだ白楽天の詩、「長恨歌」を踏まえたものなのでこれが出てくるのですが、「長恨歌」によるとその幻術士は、楊貴妃の魂を探し当て、証拠のかんざしを持ち帰ったとされています。そこで、それぞれ最愛の人を失ったばかりの桐壺帝・光源氏親子は、そうした幻術士が日本にもいて欲しい、そうすれば最愛の人の魂を探し当ててもらえるのにという、奇しくも五十年近く隔てて、ほぼ同じ内容の歌を詠んだのです。桐壺帝にとっての最愛の人は、歌の訳にも出てくる光源氏の母・桐壺更衣ですが、光源氏のそれは、既にお察しの方もいるように、紫上です。幻巻とは紫上が亡くなった翌年一年間を描く巻で、先ほどの歌はその中で詠まれたものなのです。

これで歌の内容はだいたい御説明しましたが、なぜ印象深いかということも既に御説明しました。最初から意図していたかどうかは不明として、正にこの二つの和歌を繋いだところが、源氏物語の骨格といったところなのです。そういう意味で幻巻の光源氏の歌は、名歌かどうかは分かりませんが、私には印象深い和歌なのです。

しかし、そういう意味では最後の二百二十一首目の歌、

「もの思ふと過ぐる月日も知らぬ間に年もわが世も今日や尽きぬる」

（物思いに、月日の過ぎてゆくのを知らずにいる、その間にこの一年も、そしてわが人生も今日でいよいよ終わってしまうのか）

も、同様に印象深いと言えます。実はこの歌には本歌があり、それは後撰集・冬、藤原敦忠の、「もの思ふと過ぐる月日も知らぬ間に今年は今日にはてぬとかきく」なのですが、もとの歌は単に、「今日は大晦日だ」と言っているだけなのに対し、光源氏の歌は正に絶唱と言えるでしょう。

これは紫上亡き後の巨大な喪失感を何とか一年耐え、来年こそは出家するという、光源氏の決意を述べたもので、光源氏の義理の息子・薫の回想によれば、この後二、三年は生きたらしいのですが、光源氏はこの歌を詠んだ後、物語には登場しなくなります。そういう意味ではこれは光源氏最後の言葉とも言え、そう思って読むせいか、私には一段と感慨深いのです。

どうして光源氏は晩年このような悲痛な叫びを上げねばならなかったのかと言えば、原作に

はありませんが、それをかなり秀逸にマンガ化した『あさきゆめみし』中の光源氏の言葉を借りて言えば、帝の第二皇子として生まれ、美貌も才能もあり、女性にすらもてて、「しあわせになれるはずの人生」だったのに、「自らそれをこわすようなことをしてきた」からでした。それを示す歌を掲げることは、数が多すぎてかなり難しいのですが、あえて一つ掲げるとするならば、須磨巻巻末の、

「八百よろづ神もあはれと思ふらむ犯せる罪のそれとなければ」

（八百万の神々も私を哀れんでくださるであろう。これといって犯している罪もないのだから）

でしょうか。

須磨に来て足かけ二年目の三月、光源氏はある人の勧めで禊ぎ祓えを行います。流されてきた光源氏は、厄払いをすべきだというのです。その開始直後に詠んだのがこの歌ですが、歌を詠んだ途端、一天にわかにかき曇り、その後十日も続く嵐となります。

昔からこの嵐については、光源氏のこの歌に神が怒ったからだという説と、結果的にこの嵐により、光源氏召喚の決議が都でなされるものですから、神が嘉《よみ》したもうたのだという、正反対の二説があり、私もその論争に加わったこともあるのですが、それをするととんでもなく長い説明になりますから、ここでは自説による解説のみを行っておきます。したがって、正反対の解釈もあるということは、あらかじめ御承知おきください。

私が見るところ、光源氏のこの歌は嘘をついており、したがって神は怒ったのだと取りますが、それは何故かと言いますと、光源氏が須磨に来た理由によります。

確かにその直接原因である、政敵右大臣の娘・朧月夜との密会は、大臣自身も認めているように、朧月夜が帝に入内する前から続いているので、光源氏との関係の方が早いとも言え、罪に当たるほどではありません。ただこの場合でも私が若干気になるのは、二人の関係に気づいた右大臣は、帝に入内させる前に一度は光源氏に朧月夜を嫁がせる意思表示をしていることで、それを断っておきながら、帝に入内した後も、ズルズルと関係を続けているのは如何なものでしょう？　そんなことならいっそのこと結婚してしまえば良かったと思うのは、決して私だけではないはずです。これもやはり、「自らそれをこわすようなこと」の一つではないかと思います。

しかし平安時代の常識に鑑みればそれはまだ良いとして、光源氏自身も気づいていますが、彼が須磨に来なければならなかった本当の原因は、義理の母・藤壺と密通し、子までなしてしまったからで、これは当時で言う、「皇統に対する犯し」となり、実は戦時中源氏物語が発禁になったのはこのためだったのです。確かに世間にはこのことは知られていませんが、神までそのことが分からないと思ったのでしょうか？　そう考えれば、これはやはり「怒り」としか取れないはずであり、藤壺と関係したこともまた「自らそれをこわすようなこと」の一つだと思います。

しかし物語のストーリーとは難しいもので、この藤壺との密通がなかったら、光源氏は人身最高の地位・准太上天皇にはなれなかったのですが、それについてはまた別の機会にお話ししましょう。

本節は光源氏の和歌についてお話ししましたので、これも今まで忘れていた、光源氏亡き後の主人公・薫の和歌について、[17]ではお話ししてみましょう。

17 「迷いの歌」・薫の和歌

16では源氏物語正編の主人公・光源氏の和歌の話をしましたので、今回は続編の主人公・薫の和歌についてお話ししてみましょう。しかし、この言い方は専門家の中には異論を唱える人もいます。そういう人たちの意見は概ね二つに分かれます。一つは匂宮と薫、二人が主人公だとするもの。そしてもう一つは、続編には主人公と呼べるほどの強烈な個性を持った人はいないとするものです。特に後者の意見は、そもそも物語というものは、どういう構造を持ったものを言うのか、主人公のいない「物語」というものが成立し得るのか否かという、根源的な問題に触れますので、とてもここでは論証しきれませんが、私は最初に言ったことで良いと思います。和歌で全てが説明できるわけではありませんが、第一位の光源氏の二百二十一首に次いで、薫の五十七首というのは第二位で、匂宮はその半分の二十四首に過ぎないからです。しかし、五十七首といえどもかなりの数ですから、もちろんここで全てを取り上げることは出来ず、例によって特徴的と思われる歌を取り上げていくわけですが、その前に、なにゆえ薫もこの位置になってしまったかを申し上げておいた方が良いと思います。

16で、私は光源氏が余り好きではないと申し上げましたが、実は薫についても同様です。これは所詮、モテナイ男のひがみかも知れないという気は、自分でもかなりするのですが、どうも彼の優柔不断さは好きになれません。そうは言っても、私もいつもメニューを前に、一度は考え込まなくては注文できない人間ですから、これも近親憎悪かなという気もしなくはないのですが、ひいき目に見ているせいか、自分はここまでひどくはないような気がします。何せ彼の最初の歌は、

「おぼつかな誰に問はましいかにしてはじめもはても知らぬわが身ぞ」

（はっきりしないことだ。いったい誰に尋ねたらよいのだろう。私はどこから来て、またどこへと行くのだろうか）

で、最後の歌が、

「法の師とたづぬる道をしるべにて思はぬ山にふみまどふかな」

（仏道を学ぼうと、この（宇治の）道に分け入ったはずであるのに、（それがあなた（＝浮舟）へと通じて）思わぬ恋の山路に迷い込んでしまったことだ）

なのですから。

最初の歌は、人間なら哲学的になると誰しも思い浮かべそうな疑問ですが、薫の場合は少し特殊です。彼は系図上は光源氏最後の息子となっていますが、実は光源氏のライバル頭中

将の長男・柏木と、光源氏の妻・女三の宮が密通して生まれた子供ですから。その出生に、己自身が疑問を抱いた時の歌です。柏木と光源氏は既に亡くなっていますが、女三の宮は生きている。当然彼女に聞けば全ては明らかになるはずですが、それが密通の原因でもあったように、彼女は非常に幼い人で、母親でありながら息子の自分を全面的に頼りにしている。そんな母にはとても聞けないというのが、最初の歌のより詳しい解説です。

そして最後は、薫の愛人でありながら、匂宮とも関係してしまい、三角関係に疲れ果て、宇治川で入水したと思っていた浮舟が実は生きていることが分かった時、薫が浮舟に送ったものです。何がきっかけで薫が自分の所に通うようになったか。しかもそれが、自分とほぼ関係ない（自分が薫に仏道を教えたわけではない）ことだとしたら、どう対応して良いか分からないというのは、おそらく誰しも同じと思われ、他の理由もあるものの、浮舟もこの歌に全く対応しないわけですが、薫とは、平気でこのような言葉をぶつけてくる人なのです。

今は青山学院女子短大の教授になっている、私の畏友・小林正明が大学院生の時、この二つの歌を結んで、「源氏物語続編の『文法』」と呼びましたが、正にその通り、源氏物語続編は、一言で言えば、迷い続ける薫の姿を描くものと言えます。そのためか、薫の歌にはこの他にも「迷い」の歌が数多く見られます。

例えば、「法の師」＝宇治八宮の邸に、大君と中の君という妙齢の姫君がいることを知り、しかもその大君の計略で、「私よりも妹の中の君の方を」と譲られた時＝「思はぬ山にふみまど」い始めた時の歌は、「おなじ枝《え》を分きてそめける山姫にいづれか深き色ととはばや」（＝同じ枝の一方を紅に染め分けた山姫に、どちらの方が深い色なのかとお尋ねしたいのです。（私はあなた方姉妹のどちらにお心をお寄せしたらよいのでしょうか））ですし、そのすぐ後、「やはり私は大君の方を」と迫ったにも拘わらず、襖《ふすま》一枚の隔てで、とうとう一晩拒絶されてしまった時のものは、「しるべせしわれやかへりてまどふべき心も行かぬ明け暗《ぐ》れの道」（＝匂宮の恋の案内役をおつとめした私の方がかえって迷わなければならないのか、満たされぬ思いで帰る夜明けの暗い道を）です。後者の歌の中にある「明け暗れ」という単語は、実は柏木と女三の宮の密通場面の贈答歌にもある特徴的な語で、名古屋大学名誉教授の高橋亨によって、「密かに薫と柏木のつながりを示唆する」とも説かれるものですが、その語が象徴するように、正に薫は、夜明け前の一番暗いと言われる闇の中をさまよっています。

余り弁護になりませんが、女性の顔をはっきり見ることが出来なかった当時、姉妹のどちらでも良いから妻としたいとする考え方がなかったわけではありません。しかし、それを当の本人に言うのはどうかと思いますし、後者の場合は隔てが襖一枚なのですから、もう少し押しが強ければ、何とかなったのかも知れません。元来薫は優柔不断なようで、例えば次のようなものもあります。

大君が亡くなり、浮舟が登場するまで、薫に特定の愛人はいなかったのですが、関係のある女房クラスの女性はたくさんいて（身分の釣り合いを重んじる当時の常識において、こうした女性は正式な妻や愛人とはカウントされません。ただ、この言い方に大いなる矛盾があることは既に指摘されています）、その中でもお気に入りの部類に入る按察《あぜち》の君《きみ》という女性のもとで一夜を明かし、人に見とがめられぬうちに帰ろうと、常識よりも早く辞去しようとしたところ、当然その女性は歌を詠んで薫を引き留めます。それに対する薫の返歌は、「深からずうへは見ゆれど関川のしたのかよひはたゆるものかは」（＝うわべは深くもないように見えても、人目を忍んで通う私の愛情は、どうして絶えるものでしょう）でした。

このすぐ後の地の文に、「深しとのたまはんにてだに頼もしげなきを、この上の浅さは、いとど心やましくおぼゆらむかし」（＝たとえそのお気持ちが「深い」と仰ったところで当てになりそうもないのだから、ましてこのように「うわべは深くない」などと言われたのでは、女の身としてはひとしお面白からず思われることだろう）と書かれるように、つい本音が漏れたとしてもこれはひどすぎるような気がします。私は薫が余り好きではないと言ったわけが、そろそろお分かり頂けたのではないかと思いますが、このような人であっても薫は、当時一級の貴族ですから、やはり歌は上手いと思います。

前にも申しましたように私は、分析は出来ても実作は出来ませんので、歌の善し悪しは余り良く分かりませんが、これまで御紹介したものでも、内容はともかく、技巧的には上手いのではないかと思います。五十七首の中でも私が、「これは良いかな」と思うのは、大君に死なれた後、仕えていた弁という女房が悲しみの余り、「いっそのこと私も涙の川に身を投げて死んでしまいたい」という意の歌を詠んだ時の返歌、「身を投げむ涙の川にしづみても恋しき瀬々に忘れしもせじ」（＝身を投げようと仰る涙の川に沈んでみたところで、折々ごとにあの方を恋しく思う気持ちを忘れることは出来ますまい）です。お気づきの方もいらっしゃるかも知れませんが、川に身を投げたのは大君の形代《かたしろ》と呼ばれた、まだ登場していない浮舟で、大君自身は病死であったはずなのに、「川に身を投げる」とあるのは、この二人の間に何か構想上のつながりがあるのではないかと想像させる、玄人好みの箇所でもあるのですけど、技巧もほとんど無いのに、薫の大君恋しさがひしひしと伝わってくる名歌ではないでしょうか。

しかしながらそれとは反対に、次のような技巧に富んだ歌にも心惹かれます。それは、問題の大君の忌みに籠もっていた頃に詠まれた数首のうちの一つ、「恋ひわびて死ぬるくすりのゆかしきに雪の山にや跡を消《け》なまし」（＝大君恋しさに耐えかねて死ぬ薬が欲しいから、あの雪の山に入って姿を隠してしまおうか）というものです。現代人なら恋人に死なれた時、後追い自殺する人もいるかも知れませんが、仏教を深く信仰していた平安時代には、そんな考えはあり得ません。なぜなら全ての宗教において、自殺は固く禁じられているからで、中でも輪廻転生を信じる仏教では、自殺すると転生できなくなってしまいますので、自然死すれば生まれ変わって恋人と再会できるかもしれないチャンスを、自ら潰《つぶ》すことになり、恋人を恋しく思えば思うほど、それは「ない」ということになります。したがって、「死ぬるくすり」というのは、ただの毒薬ではないのですが、言ってみればここまでは平安時代人にとっては常識であって、特に「技巧」と言うほどのことではありません。ではどこら辺から技巧かと言うと、「雪の山」もただの雪山ではなくて、「ヒマラヤ」であるという辺りからです。

現代と違って、隣の唐にさえ行ったことのない人がほとんどである平安時代に、なぜ突然「ヒマラヤ」が出てくるかと言うと、それはお釈迦様の前世に関係します。先ほども述べたように、篤く仏教が信仰されていた平安時代には、お釈迦様の前世の話もたくさん伝わっていました。それをジャータカ（前生譚）というのですが、そのうちの一つに、お釈迦様がまだヒマラヤの雪山童子《せっせんどうじ》という人であった頃、山で悟りを求めて瞑想していると、どこからともなく、「諸行無常、是生滅法」（万物は無常であり、全てのものは滅するのが道理）という声が聞こえてくる。これこそ悟りへの手がかりと感じたお釈迦様が、声の主を尋ねると、そこには飢えた羅《ら》刹《せつ》（日本で言う鬼のこと）がいた。お釈迦様が続きを教えてくれと頼むと、腹が減っているから口をきくのもおっくうと言う。そこでお釈迦様は、自分の身を食わせるからと約束すると、羅刹は「生滅滅已、寂滅為楽」（全てのものが滅し終わった時、その消滅を「楽」と観ぜよ）と答

え、帝釈天《たいしゃくてん》の正体を現わしたので、お釈迦様は食われずに済んだというお話です（参考までに言うと、この漢詩（正確には「偈《げ》」（＝仏教の真理を詩の形で述べたもの）と言います）を和訳したものが、「いろは歌」なのです）。

この偈に出てくる羅刹に身を与えるなら、自分も死ねるし、自殺したわけでもないから、転生して大君と再会できる。だから自分もヒマラヤに行きたいと、ここまでの知識がないとこの歌は詠めないいし、理解も出来ない。普通の現代人には無理かなあとは思いますが、「通」としてはたまらない。と言うのは、正岡子規は攻撃しているように、平安時代の和歌とは、このように理屈で詠むものだからです。

私も一応現代人の端くれではありますが、平安時代人と同じ感性で作品が読めるよう、平安時代の常識を身につける訓練をしていますから、逆にそれが職業病のようになっており、本音を言えばこちらの歌の方が好きです。しかしまあ、人の心が読めない、無神経なところも若干ありますが、熱情的な歌も、当時の常識であった理屈っぽい歌も、両方行けるのが薫の歌とまとめることが出来るでしょうか。そして、これだけの仏教的知識を持っていても、なお迷いが晴れない人間の姿を描いたのが源氏物語と言うことも出来るのですが、光源氏、薫と進んできましたので、この勢いで18は、匂宮の和歌について見てみましょう。

18 「花」のある歌・匂宮の和歌

匂宮は光源氏の孫で、母の明石中宮が源氏物語最後の帝である今上（現在の天皇を、現代語でもこう呼びます。天皇の名は退位あるいは死後に決まりますので、「平成天皇」という呼び方は本当は失礼なのです）に入内し、呼称通り「中宮」（現代の「皇后」のこと）になりますので、それで匂宮は「宮様」なのです。ちょうど、「平民」（にしては偉すぎるような気もしますが）から皇后になった、現皇后・美智子様と同じです。平民から皇族になれるのは、女性だけに許された特権です。男性の場合は、皇族の女性と結婚しても、清子様のように、その女性が平民となってしまい、自分が皇族となることは出来ません。

さて、薫と違い匂宮は、正当に光源氏の血を引いていますから、自信満々に振る舞います。普通に考えると、光源氏亡き後の主人公は彼であっても良さそうなものですし、17でも述べましたように、彼と薫の二人が続編の主人公という意見もあるのですが、彼単独という意見は、今のところありません。これは私の博士論文の一部でもあるので、余り長々と説明は出来ない（何せ博士論文は、原稿用紙にして千枚以上はある）のですが、結論だけ述べておけば、主人公というのは実は完全無欠ではなく、むしろ欠けたところがある人物というのが私の説なのです。シンデレラ、白雪姫、皆そうでしょう。というか、彼・彼女らが幸せになると、物語は終わってしまう（主人公ではなくなる）のです。つまり物語を動かすのはプラスのエネルギーではなく、どちらかと言えば、マイナスのエネルギーなのだという私の説からすれば、この現象は当然なのです。

ですから本書で、匂宮を取り上げる必然性は薄いのですが、源氏物語本文中でも、「匂兵部卿、薫中将」と並称されています（匂宮巻）から、ここでも一応取り上げておくことにします。17でも触れましたように、匂宮の和歌は薫の半分弱の二十四首で、記憶にある限り、まとまった研究も無いように思います。理由ははっきり分かりませんが、今回改めて見直してみても、あまり強烈に心に残る名歌はないように見えるのが、ひょっとしたらその理由かも知れません。例えば彼が最初に詠んだ歌は、長男・柏木早世の後、光源氏のライバル・頭中将家を継いだ、次男・紅梅に対して読み掛けた、

「花の香にさそはれぬべき身なりせば風のたよりを過ぐさましやは」

（花の香のお誘いを受けるに値するようなこの私なのでしたら、風の便りを見過ごしているでしょうか）

です。「花の香のお誘い云々」とあるのは、匂宮の将来性を買って、「うちの娘を貰っていた

だけないか」と紅梅が売り込んできたことに対する返歌だからです。ちなみに二首目は、同じく紅梅の二度目の売り込みに対する返歌、

「花の香をにほはす宿にとめゆかば色にめづとや人のとがめん」

（花の香りを匂わせている宿をうっかり訪ねていったら、色に目のない浮気な男と世間から取りざたされることになりましょう）

です。まさかそのような誤解をされた方はいないでしょうが、一首目がいかにも自信なさげなのは、二首目から見えるように、匂宮の気が進まないからで、「いやいや私などとてもその器ではありません」などと、内心あかんべしながら辞退している人は、今でもいます。また、「うちの娘を」という内容から、「花の香」という比喩が出てくるのは当然ではあるのですが、二首も続くと、「花や蝶や」と大切に育てられ、花から花へとひらひらと飛び回る、匂宮の姿が目に浮かぶようではありませんか。今回改めて見直してみると、匂宮の、特に最初の方の歌は、「花」を詠み込んだものが多いということに気がつきました。

そのような匂宮の詠歌が少しは切実味を帯びてくるのは、やはり薫と浮舟との三角関係が始まる浮舟巻の、浮舟に対する歌です。順番は少し前後しますが、「峰の雪みぎはの氷踏みわけて君にぞまどふ道はまどはず」（＝峰の雪や岸辺の氷を踏み分けて、あなたへの恋の道に迷いつつも、この道には迷わずまっすぐに逢いに来たのです）などというのは、男の私でも「カッコイイ」

と思います。またその一首前の「年経ともかはらむものか橋の小島のさきに契る心は」(=長い年月が経っても変わることがあろうか。この橘の小島の崎であなたに行く末をお約束する私の心は)も、同様に宇治十帖第一の絶唱と言えるでしょう。

浮舟はもともと、薫が最初に愛し、死に別れた宇治八の宮の長女・大君の腹違いの妹で、大君の面影を色濃く宿すところから引き取られて薫の思いものとなったのですが、薫に引き取られる前、やはり腹違いの姉・中の君の邸に滞在していた時に、その夫である匂宮に見初められ、三人は三角関係(中の君を入れれば四角関係)になりました。薫は確かに浮舟を愛していますが、浮舟の向こうに常に大君を見ている。それに対して匂宮は、浮舟が妻の妹だとは知りませんから(もっとも彼の性格からすると、知っていても言い寄ったと思われますが)、浮舟からすると常に自分を見てくれているように思われ、しかもこれら二首のような和歌をくれるのですから、理性ではそれはいけないことと分かっていても、つい匂宮に傾いてしまう気持ちも分かるような気がします。

もっとも、これについても論争があるところで、浮舟は結局、どちらにも決められなかったのだという意見もあります。浮舟は最後に投身自殺を図りますが、その直前に侍女たちが言うように、どちらでも良いからどちらかに決めてしまえば、他に対処のしようもあったでしょうから、確かにそうとも言えます。しかしそれは、裏を返せば薫と同じくらい匂宮に惹かれていたことになるのですから、先ほどのような言い方は許されると思います。すなわち、匂宮の一番の特性である「情熱」に溢れた和歌が、先ほどの二首と言えると思います。

さて、薫が浮舟に惹かれるのは、死んだ初恋の人・大君に浮舟が似ているからと述べましたが、それではなぜ匂宮は、それほど浮舟に惹かれるのでしょう。匂宮が多情な人というのは、物語の記述にもありますから、そう言ってしまえばそれまでのような気もしますが、それなら匂宮は、全ての女性に対してそのように情熱的かと言うと、最初に見た紅梅の娘のような例もありますから、そうとも言い切れません。これは、私の先輩である学習院大学教授の神田龍身が唱えた説で、まだ「定説」までには至ってませんが、別に先輩の説だから贔屓《ひいき》するわけではなく、それが正解だと私にも思われるので紹介しておきますと、それは浮舟が薫の思い人だからです。すなわち、子供ではありませんけど（いえ、匂宮は子供っぽいという記述も物語にはありますから、そう言ってしまっても良いかも知れません）、他人のものだから欲しくなるというわけです。

それは神田も言っていますから、少し難しくなりますけれども言ってしまいますと、匂宮と薫は、言ってみれば「分身」ですから、薫が持っているものを、匂宮は欲しがると、文学的には理解できます。それも私の博士論文の一節になってしまいますけど、源氏物語は全くのフィクションなのですから、そこに登場する人物は皆、実在するわけではなく、いわゆる「作中人物」です。実在する人物が「分身」というのは、親子きょうだいでもないと想定できませんが、「作中人物」は皆、その作品を動かす何らかの役割を帯びた存在（それを、私の博士論文では「機能」と呼びました）にしか過ぎませんから、こうした叔父・甥の間でも、「分身」というのは想定できます。特にこの二人の場合は、前述しましたように、「匂兵部卿、薫中将」と並称されていますし、語源的には、「匂う」も「薫」も元は視覚的美を表す言葉で、「にほふ」は本来「丹《に》（赤土のこと）秀《ほ》ふ」で、「赤い美」（＝派手な美）のこと。「かをる」は「香（煙のこと。すなわち「黒」）折る」で「黒い美」（＝暗い美）を表します。こう言うと、源氏物語にお詳しい方の中にはピンと来た方もいらっしゃると思いますが、確かに匂宮は、光源氏の正当な血を引いていますので、自信に溢れ派手な性格。対して薫は、17でもお話ししましたように、自分の生まれについて疑いを持っていますから、自信なさげな地味な性格をしています。つまり、作者もそれを明確に意識して描き分けていると言えるのです。ですから、この二人は明らかに「分身」の関係と言え、宇治十帖の主人公はこの二人という説も、その辺から出てくるのでしょう。

　ここにも書きましたように、匂宮は自信満々で、薫は自信なさげなのですから、匂宮が薫を羨《うらや》む理由など何もないと思うのですが、不思議に匂宮は薫を羨み、それは和歌にも出ています。例えば総角《あげまき》（元来は子供のヘアスタイルで、頭の左右で二つの輪を作ったもの。若い女性などもして、ここではその意味）巻にある、「女郎花さける大野をふせぎつつ心せばくやしめを結ふらむ」（＝女郎花の咲いている広い野原に他人が入り込まぬようにと、あなたは狭い了見から注連縄を張るのでしょうか（姫君たちを独り占めするとは欲が深い））という歌が、その典型としてあげられると思います。

　これは、薫が大君に言い寄ったところ、「私よりも妹の方と結ばれて下さい」と言われてしまったので、それならば妹・中の君が先に結婚すれば、大君は自分と結婚してくれるだろうと考えた薫が、匂宮に中の君を紹介しようとする場面で詠まれたものです。この状況説明でお分かりのように、薫は決して姉妹を独り占めする気はなく、むしろ最初から匂宮に紹介するつもりだったので、言ってみれば匂宮がイチャモンを付けたような形ですが、だいたいこれが二人の関係を表しています。つまり、先述したように匂宮が薫を羨む理由など何もないのですが、なぜか一方的に、匂宮は薫を羨むのです。

　いま「なぜか」と書きましたが、一つだけ理由はあるかも知れません。それは、二人の名の由来となった香りで、薫の方は天然の体臭（「体臭」が良い香りというのは、現代では分からんと、半ば冗談で学生にも言います。ただし経典によると、仏様は良い香りがするので、篤い仏教信者は口から良い香りを発するのだそうです）であるに対して、匂宮はそれをまねた人工の香りというのがそれです。しかしそれもそういう「設定」なのですから、やはり作者がそのように描こうとしているとと言えます。つまり匂宮が薫を羨むのは、「作者の意図」というわけです。ならば浮舟が薫の思い人であるがゆえに匂宮が夢中になるということも、いかにもありそうなことと言えるのです。

このように見てくると、最後に匂宮が和歌を贈ったのは、やはり薫であるというのは、何やら意味ありげではないでしょうか。もともと匂宮が薫に送った和歌は、先ほどのものを含めて四首で、これはほぼ贈答歌となっているので、薫の方も、宮に贈った和歌はやはり四首なのですが、17でお話ししましたように、薫の歌は全部で五十七首もあるので、その割合は一割弱であるに対して、匂宮は二割弱ですから目立ちます。その最後の歌は浮舟失踪後（世間の人は死んだと思っている）、「橘のかをるあたりはほととぎす心してこそなくべかりけれ」（＝昔の人を思い出させる橘の花の匂うあなたのお屋敷では、ほととぎすもそのつもりになって鳴くはずです）です。「かをる」の語が、さりげなく詠み込まれているのも、二人の関係性を考えると、なかなか興味深いのではないでしょうか。

19では、平凡なのでやはり忘れていた、匂宮の妻・中の君の歌についてお話ししましょう。

19 物語を「予告」する歌・中の君の和歌

中の君と言っても、お分かりにならない方も多いかもしれません。でもそれも無理からぬことで、源氏物語のメイン・ヒロインの一人でありながら、中の君はそれほど目立たない人物なのです。ですから中の君の歌の話を始める前に、彼女自身について少し説明しておきたいと思います。

中の君の属性を一言で言い表すならば、18で取り上げた匂宮の妻というのが、一番短く言い表せていると思います。けれどこれだと匂宮が分からない場合は通じませんから、もう一つ言っておけば、宇治十帖に登場する三人のヒロインのうちの二人目と言い換えることが出来るでしょう。この「二人目」というのが問題で、教員をやった方ならどなたもお分かりになると思いますが、「真ん中」というのが一番見えないものです。成績にしても席にしても、最初と最後はすぐ覚えるのですが、真ん中というのは目立たないので、いつまで経っても覚えなかったり、見落としたりします。中の君というのもまさしくそれで、宇治十帖最初のヒロインである大君と、最後のヒロイン・浮舟の印象が強すぎるので、どうしても記憶が薄くなってしまうのです。それに彼女自身の身の上には、他の二人に比べて、「大事件」といったものも起こりません。

ちなみに「真ん中」を象徴するような彼女の名前は、実は本名ではありません。と言うか、源氏物語の登場人物の常として、本名は分からないのですが、では「中の君」というのは、どこから出てきた名称かと言うと、今で言う「次女」の意味です。事実彼女は、宇治十帖のヒロインたちの父親・八の宮の次女で、お姉さんが大君（ちなみにこれも「長女」の意味です）、妹が浮舟です。ですから彼女はまさしく「真ん中」なのですが、これは三人姉妹ですので、たまたまそうなっているだけで、「中の君」というのは、先ほど述べたように、本来は「次女」の意味ですからお間違えなく。いずれにせよ、どこの家庭にも長女・次女は必ずいる（平安時代は一夫一妻多妾ですから、一人っ子というのは先ずあり得ません）わけで、その呼称しか持たない彼女は、ますます目立ちにくくなっていると言えるでしょう。それで私も今に至るまで、つい忘れていたというわけです。

では彼女はさほど重要な人物ではないかと言うと、決してそんなことはありません。実はそれは、私も論文で指摘したことがあるのですが、それでも忘れていたのはお恥ずかしい限りです。まあ、源氏物語には個性的な人物が多いですから。

昔から彼女は、血は繋がっていませんけど、紫上の正統な後継者（紫上が光源氏から譲り受けた二条院は、彼女の死後、孫の匂宮に相続され、中の君はその妻ですから、当然そこに住んでいます し、彼女の辿った人生は、紫上にかなり似ている）と言われている上、宇治十帖最初のヒロイン・大君から浮舟へと、ヒロインの橋渡し的役割も果たしています。「橋渡し的役割」と言うと、通常は、その存在自体はさほど重要ではないということになるかもしれませんが、彼女の場合は違います。これは中の君の歌ではなく、その女房の弁の歌ですが、宇治十帖の中程の巻・早蕨《さわらび》で、「さきにたつ涙の川に身を投げば人におくれぬ命ならまし」（＝何よりも先立つものは涙ですが、その涙の川に、もし我が身を投げていたのでしたら、あのお方に死におくれてこうも悲しい思いを経験せずにすんだ私の命だったでしょうに）という歌が詠まれています。もちろんこれを単なる比喩の歌とみることは可能ですが、この後に、匂宮と薫の板挟みとなり、宇治川に身を投げる浮舟の存在を知っている者としては、そうとばかりは見えないのです。つまりこれは、本来なら中の君が辿るはずだった運命を肩代わりするために生み出された人物が、浮舟ではないかと思わせる歌なのです。

浮舟が中の君の代わりなのではないかという証拠は他にもあり、専門家で疑っている人は、ほぼいないのではないかと思いますが、その理由はと問われると、証拠を提示することはなかなかに困難です。ですからこれは、あくまで私の想像です（いや、たぶん他にもそう思っている人はいるとは思います）が、二人の性格からすれば、薫が匂宮の妻を横取りするより、匂宮が薫の愛人を横取りする方が自然だと思い至ったからではないでしょうか。理由はともかく、このような経緯がありますから、私の記憶に一番残っている中の君の歌は、宿木《やどりぎ》巻の「山里の松のかげにもかくばかり身にしむ秋の風はなかりき」（＝宇治の山里の松の陰の住まいにも、これほど身にしみて悲しい秋風の吹くことはなかった）です。

中の君は、夫である匂宮をただ一人の頼みとする人として、生まれ育った宇治の山里を離れ、匂宮の邸である二条院へと引き取られて来ます。けれど、政略結婚ではあったのですが、匂宮は別の夫人、夕霧の娘・六君に婿取られてしまい、ひとり二条院に残された中の君が詠んだのが、先ほどの歌です。この、二条院にただ一人残されるというのが、紫上と通じるところがあり、紫上の後継者と言われる所以の一つになっているのですが、和歌技巧も特に見当たらないことから、少なくとも平安時代の和歌としては、大して上手い歌とは言えないと思います。にも拘わらず心に残るのは、和歌そのものと言うより、続く本文「来し方忘れにけるにやあらむ」（＝つらい昔のことは忘れてしまったというのであろうか）があるためです。

これは、語り手が語っているのだというスタンスを採る物語独特の表現で、専門的には「草子地《そうしじ》」と言うのですが、要は語り手のコメントです。つまりここは、「こんな辛い目を見るのは初めてとか詠んでいるけれども、昔もっと苦労していたのを、もう忘れちゃったのかしら」と、今風に言えば語り手が茶々を入れているわけです。もちろん、こんな茶々があれば、せっかくの和歌の情緒は台無しになってしまうわけですが、逆に言えばこれは、中の君が、たぶん浮舟に運命を譲渡したため、だんだんと不幸から離れつつあることを表す技法だと思われるのです。つまりこれは、和歌単独ではなく地の文と協同して、物語を立体的に読ませる表現なのであり、和歌と地の文の協同もまた源氏物語の特徴の一つと思うので、特に私の心に残るわけです。

順番は前後しますが、同様の意味で心に残るのが、宿木巻の一つ前、早蕨巻の「ながむれば山より出でて行く月も世にすみわびて山にこそ入れ」（＝ぼんやりと空を見ていると、山の端からのぼってゆく月も、この世に住みかねて、また山の端に入っていくことよ（この私も、再びこの山里に戻ることになるかもしれない））です。歌の意味から分かるでしょうが、これは、中の君がいよいよ宇治を棄て、二条院に旅立つ時の歌で、「山」は、通常古典では「比叡山」、「月」は「真如の月」で、仏教的悟りを意味する単語だと知っている者（もちろん当時の読者も）にとっては、今の浮舟に見られるように、中の君がいずれ尼となってこの山里に帰ってくるような予感を抱かせます。しかも続く地の文が、「さま変りて、つひにいかならむとのみ、あやふく行く末うしろめたきに、〜」と続き、小学館の新編日本古典文学全集ではここを、「今までとは別の世界に移り住んで、〜」と訳していますが、「さま変る」というのは、通常古典では「出家すること」ですから、やはり先ほどのように見えるのです。

つまりこの二つは、早蕨巻では中の君をとことん追い詰めていて（出家の可能性さえ示して）、浮舟が登場する宿木巻では、打って変わってからかいの対象とまですることによって、中の君は既にその暗い運命から離れたことを示す、和歌と地の文の協同による高度な表現技法に見えるのですが、如何でしょうか。

さて、私はこんな風にばかり見るせいかもしれませんが、中の君最後の歌も同様な意味で気になり、既に論文に書いたことがあります。それは宿木の次、東屋《あずまや》巻の「みそぎ河瀬々にいださんなでものを身に添ふかげとたれか頼まん」（＝禊ぎ河のあの瀬この瀬に流す撫で物とは、そんなはかないものでしたら、いつもおそばに置いていただけると誰が頼みにできましょう）です。これは、中の君に異母妹である浮舟を紹介された薫が、恋しい大君の代わりならば、いつも側に置いて撫で慈しむものとしましょうという歌を詠んだことに対する返歌です。「撫で物」とは、今でも神社の大祓などでは使われますが、人型をしていて撫でさすって息を吹きかけ、自分の分身とすることにより、災厄をそれに移して川に流す（今は環境問題から流しませんが）ものという意味もありますので、中の君はわざとそれに取りなして、「妹をそんなものとするなんて」とからかったことになります。もちろん「からかいの歌」は平安時代には良くあると言うか、女性は男性の求愛の歌に対して通常このようにからかう（その方が自分を安く見られない）ものですから、ここでの中の君も、その慣習に従ったとは言えますが、問題はこの歌の少し前の地の文で、亡き大君を忘れられず、忘れ形見として自分に言い寄ってくる薫を、「かかる御心をやむる禊ぎせさせたてまつらまほしく思ほすにやあらん」（＝このような薫の執心をやめさせる禊ぎをして差し上げたく中の君は思われたのだろうか）という、またしても草子地があることなのです。

つまりは薫の執心、ひいては薫を、自分に迫る「災厄」と中の君は見なしているということで、それを人形《ひとがた》、すなわち浮舟に移すことによって、自分は災厄から逃れようとしている。しかもそれを「水に流す」という比喩を使っているとなれば、やがて浮舟が入水することをも暗示していると読めるからです。もちろんこれは中の君に悪意があったと言っているわけではなく、草子地＝語り手の言葉でもあるのですから、どちらかと言えば、作者にその意図があったと言う方が適切でしょう。言い換えれば源氏物語作者は、今風に言うと、分かる人にだけ分かる形で、今後のストーリーを暗示しているというわけです。それに使われているのはいつも中の君の歌なのですから、「なかなかの重要人物」という意味は分かるでしょう。

中の君の歌は全部で十九首ありますから、この調子で行くと、例によって全て紹介するのは困難ですので、最後に次節との関係で、最初の歌を見ることにしましょう。それはまだ中の君が、父と姉と一緒に暮らしていた（母は、中の君を産んだ時、産後の肥立ちが悪くて死亡）、幸せだった頃に詠んだ、橋姫巻の「泣く泣くもはねうち着する君なくはわれぞ巣守りになるべかりける」(＝涙ながらも、はぐくんでくださる父君がいらっしゃらなかったら、孵《かえ》らない卵のようにこの私も育つことができなかったでしょう)です。

まだ子どもだった彼女は、如何にも末っ子らしく甘えた歌を歌い、とても可愛いとは思いますが、ただ気になるのは「巣守り」の語で、訳の通りこれは「孵らない卵」を意味する古語ですが、同時に「巣」は今でも「家」の比喩ですから、一人で家を守るの意味にも見える。すると、このあと父も姉も亡くなり、八の宮家は文字どおりこの中の君だけが守ることになり(実際、宿木巻にそういう中の君の科白もあります)、また匂宮と結婚後も、先ほど見たように、他に妻を持つ匂宮は中の君を残してそちらに通うことがしばしばあり、結局家には彼女一人しかいないこの後の展開を知っていると、これもまた一つの予告であったような気がするのです。だとすると、源氏物語の作者はどこまで構想してたんだろうということになるのですが、人の頭の中は所詮分かりませんから、やめておきます。

⑳では中の君の姉・大君の和歌を見ることにしましょう。

20 本心の読めない歌・大君の和歌

大君は、宇治十帖の最初のヒロインであり、薫の心の中に永遠に生き続けることによって、その行動を規定し続ける存在ですから、疑いもなく重要人物なのですが、ここまでその存在を忘れていたのは、短命により詠歌が少なく（十三首）、しかも、少なくとも私の心に残る名歌が少ないせいだと思われます。この文章を綴るために、改めて彼女の歌を読み直してみましたが、やはりぐっとくるほどの歌は見出せませんでした。直観的な物言いをすれば、彼女は自分の思いを胸にしまい込むことによって周りの人間を動かし、ひいては物語をも動かしていくタイプだからではないかと思います。

分かりやすい例を一つあげれば、彼女が薫を拒否した理由は何か、今でも専門家の間には議論があります。死の床を薫が見舞った時、「このまま会えないで死ぬのかと思っていました」という意の言葉を発するところを見れば、彼女が薫を好きだったことは疑いもありませんし、父・八の宮が、生前薫に彼女を許したのは、彼女自身も知っていたはずです。自分が薫よりも年上であることや美が衰えつつあることをしきりに気にしていますが、年上と言ってもたかが二歳で、当時としてもやや特例ですが、秋好中宮なんかは夫・冷泉帝より十歳も上ですから、何の問題もありません。また、確かに年寄りばかりでしたが、周りの女房から見れば、彼女はまだ十分美しいと思われていますし、何より、「自分は美人である」と絶対的自信を持っているような人は、別の意味でどうかと、皆さんも思いませんか。

また、妹の中の君の幸せを考えて、自分は身を引こうと、彼女自身も信じ込んでいた節もありますが、中の君も、薫が好きなのはお姉さんの方だと知っていますし、そう言われてホイホイ心変わりする薫ではないことは、彼女も充分理解していたと思います。それにもし薫が心変わりして中の君のもとに通うような状態になったら、果たしてこの姉妹は本当に幸せになれたのでしょうか。

このように考慮していくと、彼女の薫拒否の理由は結局「分からない」となるのですが、言い換えればそれは、物語に何も書かれていない、彼女が何も表現していないからとなるわけです。それは歌に関しても大同小異で、なかなか彼女の本心は見えてきませんから、今回ばかりは、どの程度皆さんの詠歌の参考になるか分かりませんが、19で妹・中の君を取り上げ、かつ、源氏物語を知っている方は、大君の重要性も知っていらっしゃるでしょうから、彼女について何も触れないのもどうかと思い、彼女の歌で少しは印象に残るものを幾つかご紹介することとします。

まずは19末尾で妹の歌も取り上げましたが、父・八の宮がまだ在世であった頃、家族で初めて歌を詠み合った、「いかでかく巣立ちけるぞと思ふにもうき水鳥のちぎりをぞ知る」（＝どうしてこれまでに成人したのだろうかと思うにつけても、水に浮く水鳥のような憂わしいこの身の不運を思い知られる）です。ちなみに父・八の宮が詠んだのは、「うち棄ててつがひさりにし水鳥のかりのこの世にたちおくれけん」（＝父鳥をうち捨てて母鳥が先立ってしまったそのあと、仮のこの世に子供たちばかりがどうしてとり残されてしまったのだろうか）でした。

父の歌を見ればお分かりになるように、娘二人を残して妻に先立たれてしまった男やもめが、つい弱音を吐いていると、それに和したのが、まだ幼かった大君の歌というわけです。相手の年齢（残念ながらこの時の大君の年齢は書かれていませんが、後文に「まだ幼けれど」とありますし、このあと妹・中の君も歌を詠んでいますから、二人とも和歌が詠める年齢と推定すると、大君は十歳くらいなのではないかと思います。十二歳になれば、当時は既に大人ですし、若紫も十歳でどうにか和歌を詠んでいます）から判断しても、歌の内容からしても、父の歌は子供たちに向けて詠んだものと言うよりは、ため息に近い独詠的なものと見るべきでしょうから、この二首は贈答歌ということにはならないでしょう（この後すぐ妹も歌を詠み、合計三首となっていますから、源氏物語の解説書では「唱和歌」（三首以上はそう呼ぶ）と分類されています）。にも拘わらず、大君の歌には、父の歌中にある「水鳥」「たち（立ち）」の言葉が見え、相手の歌中の語を使うのは答歌の作法ですから、これは大君が、父の歌に答える意識で詠んだ歌ということになります。わずか十歳くらいの子供が、これだけのことが出来たというのは驚きですが、さらに彼女は、父親が使わなかった「うき」＝「憂き」（この世というものは辛いもの）という言葉も用いています。何とも早熟としか言いようがありません。もっともこれは、父親が使った「かり」（仮）の「この世」に対するものなのかもしれませんが、だとすればなおさらということになりましょう。

ちなみに、⑲でもお示ししたように、この後に続く妹・中の君の歌は、「泣く泣くもはねうち着する君なくはわれぞ巣守になるべかりける」ですから、どこにも父親と同じ単語は見えませんし、歌全体の意味も、「お父さんがいてくださって良かった」というような、どことなく明るい感じがします。

つまりこの二つの歌は、しっかりしているけれどもどことなく世を悲観している姉と、その姉にも庇護されているせいか、天真爛漫な妹という性格の違いを、良く表していると言えるのです。しかもこの歌の前の地の文には、出来映えを恥ずかしがってか、大君はこの歌を硯に書いていたので、父親に、そんなところに書くものではないという意のことを言われ、やっと書いたのがこの歌というように描かれています。この「恥ずかしがり」と、この世を「憂きもの」と捉える癖というのは、先ほども説明したように、ほとんど本心を言わずに亡くなってしまう彼女の今後を、良く示したものと言えるでしょう。

それほど盛り上がりのない大君の歌の中で、二首目に私の心にとまるのは、匂宮が中の君に心惹かれて繁く手紙をやりとりしていた時、例によって疑い深い薫が、匂宮に返事をしているのは姉妹のうちどちらですか（あなたを好いているのは私の方ですよ）という意味の尋ね事をしてきた時、珍しく大君の方から薫に送った歌、「雪ふかき山のかけ橋君ならでまたふみかようふあとを見ぬかな」（＝雪深い山のかけ橋は、あなた様のほかには踏み通っていらっしゃるどなたの足跡をも見たことはございません。私は、あなた様以外のお方とお手紙のやりとりをしたことはございません）です。今回初めて気がついたのですが、妹を除き、彼女から贈った歌はこれしかありません。それはまあ、先ほどの問いを、薫は和歌ではなく散文で送ってきたので、結果として彼女の歌が贈歌になってしまうのは仕方ないとも言えますが、有名な古今集仮名序を始めとして、自分の心をストレートに相手に送れるツールは和歌しかないと考えていた当時において、女性から男性に贈歌するのは極めて珍しいことで、源氏物語全体でもそう多くはないのです。しかも大君の性格は、先にも述べたように「恥ずかしがり」なのですから、これは極めて異例なことと言えるでしょう。

さらに技巧のことを言えば、良くあることとは言いながら、「踏み」と「文」を掛詞（「あと」も微妙ですが、あるいは「足跡」と「筆跡」を掛けているかもしれません）にしているので、先ほどの訳のようになるわけです。この時点ではまだ、薫は恋人として大君のもとに通っているわけではなく、どちらかと言えば、亡き父に姫君たちを託された後見人という立場で通っているのではありますが、「踏み通っていらっしゃる」と言えば、普通は恋人のことで、「私はあなた様以外の男の人を通わせていません」と女性に言われれば、「この人は私のことが好きなのだ」と思わない男性の方が変なのではないでしょうか。しかもそれが、己の心をストレートに投げてくるはずの、和歌というツールでなのですから。

それ故このあと薫が、大君の寝室に踏み込んでしまうのも無理からぬことのようにも思われるのですが、そこまでされても大君は最後まで薫を突っぱね、とうとう薫が諦め、何事もないまま朝出て行く時の大君の歌が、

「鳥の音もきこえぬ山と思ひしを世のうきことは尋ね来にけり」

(鳥の音も聞こえない静かな山奥と思っておりましたのに、この世の中のつらいことだけはここまで追いかけてきて、私に物思いをさせるのでした)

です。その前の薫の歌が、

「山里のあはれ知らるる声々にとりあつめたる朝ぼらけかな」

(山里の風情を感じさせるとりどりの声を聞くにつけても、さまざまな思いに胸のつまるような夜明けです)

で、「とりあつめたる」に当然「鳥」も掛かっていますから、大君はちゃんとその単語を使っ

たことになりますし、先ほど指摘した「世のうき」という表現も見られますから、如何にも彼女らしい歌とは言えますが、これだと薫が迫ったことを「世のうきこと」と捉えていることになり、言い寄った男性としては立つ瀬がないでしょう。それでは大君は薫が嫌いかと考えると、先ほど紹介した二首目の歌からは、あまりそうとは思えませんし、それは彼女の最後の歌、

「へだてなき心ばかりは通ふともなれし袖とはかけじとぞ思ふ」
（心だけは隔てなくお付き合いさせていただいておりますけれども、なじみを重ねた間柄だなどとはまさかお口になさるはずもあるまいと存じます）

でも同じです。

心だけは隔てなくお付き合いさせていただいておりますけれども、なじみを重ねた間柄」ではないというのは、プラトニックとも取れますけれど、男性から見るとずいぶん理不尽なような気がするのは、やはり私も男性だからでしょうか。

これも初めて気がついたのですが、この時はまだ大君は元気で、亡くなるまでにはかなりの時間があります。しかし、このあと彼女は一首も詠んでいないのです。皆さんも御存知のように、昔の人はたいてい亡くなる前に辞世の句というのを詠むもので、それは源氏物語も例外ではないにも拘わらずです。言ってみればこれは大変珍しいことで、最初にも述べた、大君はほとんど本心を吐露しないことと関わりがあるのではないでしょうか。

和歌ではありませんので、「引用」という形では示せませんが、実は大君の死の場面にはもう一つ特徴があることが古くから指摘されています。それは李夫人《りふじん》の故事を踏まえるということです。

李夫人というのは前漢の武帝の夫人であり、その人の容貌から「傾国《けいこく》（＝その美しさに溺れ、国を傾け滅ぼさせる美女）」という語が生まれたと言われるほどの人で、その人のお陰で、李一族は悉《ことごと》く武帝に引き立てられたと言われますが、やがて病に倒れ、その容貌に陰りが差した時、見舞いに来た皇帝に顔を見せると、李一族が疎まれるといけないと思い、袖で顔を覆って、とうとう皇帝に見せなかったという逸話がある人です。大君もその通り、死ぬまで薫に病にやつれた顔を見せませんでしたが、それは顔に止まることなく、心もそうであったのではないかというのが私の意見です。『あさきゆめみし』には、薫の心に爪を立てたまま死んでいくという、原作には無い大君のセリフが見えますが、まさしく薫の心に爪を立て、永遠の女性として刻まれるために自分の真の姿を見せなかった人、それが大君であったような気がします。

次では大君より歌が少なくなりますから少し難しいかもしれませんが、この時を逃すと語れない、宇治十帖のヒロイン三人に仕えた女房・弁の君の歌を見たいと思います。

あとがき

『よく和歌る源氏物語』、お役に立ったでしょうか。もちろんここで取り上げたのは、四百人余に上るという、源氏物語の登場人物のうちのごくわずかですし、しかもその人物の詠歌のうちのほんの一部にしかすぎません。また、番外編として収めた歴史的仮名遣い・古典文法以外にも、まだまだお知りになりたいこともおありでしょう。そんな時はぜひ、本書の出版元である武蔵野書院まで御意見・御要望をお寄せください。本書の元になった連載もまだまだ続いておりますので、そこで取り上げ、いつの日にか本書の続編となって、お答えできるかもしれません。続編の話は、「できたら良いね」という形で、前田氏との間でしております。

ただし、6にも書きましたように、気がつけばこの連載も十年に及んでおり、それでやっと本書なのですから、続編もまた十年後くらいになってしまうかもしれません。しかし私も、十年くらいではまだ死なないと思いますし（余計なことを言えば私、リニア・モーターカーに是非とも乗ってみたいというのが現在の夢なのです）、皆さんもまだ御壮健でしょうから、気長に待ってみてください。学問というものは本来そうしたもので、すぐに結果が出るものではないのですが、性急に成果を求める昨今の風潮には、私だけではなく同僚もみな辟易しております。

学問に必要なものはもう一つ、「運」というか「縁」というかがあって、「まえがき」等にも書きましたように、この連載のきっかけは伊藤先生の御依頼があったからで、もしもそれがなかったら、特に和歌が好きというわけでもない私がこのような本を書くことは一生無かったかもしれません。またその連載も、言ってみれば気軽に引き受けたわけで、その後どうしようなどとは、最初のうち一切考えていませんでした。ただ、長年の経験で、「これはそろそろ一書にするくらい原稿がたまってきたな。このまま私が亡くなるようなことがあったら、原稿も無くなってしまうだろうし、それももったいないから、どこかの出版社が引き受けてくれないかしら。でも昨今、出版業界もキビシイしなぁ」などと考えていた折、たまたま中古文学会という学会があって、もはや話のきっかけも覚えていませんが、学会でいつもお会いする前田氏にこの話をしてみたら、「ぜひ原稿を見せてください」とのこと。「なるべく早く送ります」と言いながら、勤務先での忙しさに紛れ、若干時間が経ってから送ったところ、「いま社員と、先生の原稿どうしたかなと話していたところ。これは御縁ですから、大事にしたい。うちで出させてください」という具合に、とんとん拍子に出版が決まってしまいました。

実は前田氏とは師匠・中野幸一先生の代からのおつきあい、一緒に私の噂をしていた社員・本橋さんは、前の会社ですが、拙著『アニメに息づく日本古典』を出してくれたところの人で、確かに御縁はあったのですけれども、こうするすると行くとは、自分でもびっくりしました。その他にも前田氏には、本書末にある作中和歌一覧の元原稿を、「(私家版を)以前に作ったことがある」とのことで御提供頂きました。まさに、「人は一人では生きられない。誰かに支えられて生きているのだ」という、古くからの言葉を改めて実感した次第です。

それゆえ、最後になりましたが、私にチャンスを与えてくださった中野先生、伊藤先生、前田氏、本橋氏他、全ての方々に感謝を捧げて、ひとまず本書を閉じたいと思います。

皆様どうも有り難うございました。今後とも宜しくお願いいたします。

二〇一七年八月　実家にて

山田利博

詠者別作中和歌一覧（本書に登場する順）

詠者名	通し番号	通達機能	相手	和歌本文
近江君	1	贈	弘徽殿女御	草わかみひたちの浦のいかが崎いかであひ見んたごの浦浪
	2	贈	夕霧	おきつ舟よるべなみ路にただよはば棹《ざお》さしよらかとまり教へよ
大宮	1	答	光源氏	今も見てなかなか袖を朽すかな垣ほ荒れにし大和なでしこ
	2	答	光源氏	新しき年ともいはずふるものはふりぬる人の涙なりけり
	3	答	光源氏	亡き人の別れやいとど隔たらむ煙となりし雲居ならでは
	4	贈	玉鬘	ふた方にいひもてゆけば玉くしげわが身はなれぬかけごなりけり
末摘花	1	贈	光源氏	からころも君が心のつらければたもとはかくぞそほちつつのみ
	2	贈	侍従	たゆまじき筋を頼みし玉かづら思ひのほかにかけ離れぬる
	3	独		亡き人を恋ふる袂《たもと》のひまなきに荒れたる軒のしづくさへ添ふ

末摘花	4	答	光源氏	年をへてまつしるしなきわが宿を花のたよりにすぎぬばかりか
	5	贈	光源氏	きてみればうちみられけり唐衣かへしやりてん袖をぬらして
	6	贈	光源氏	わが身こそうらみられけれ唐衣君がたもとになれずと思へば
明石御方	1	答	光源氏	思ふらん心のほどややよいかにまだ見ぬ人の聞きかなやまむ
	2	答	光源氏	明けぬ夜にやがてまどへる心にはいづれを夢とわきて語らむ
	3	答	光源氏	かきつめて海人《あま》のたく藻の思ひにもいまはかひなきうらみだにせじ
	4	贈	光源氏	なほざりに頼めおくめる一ことをつきせぬ音にやかけてしのばん
	5	答	光源氏	年へつる苫屋《とまや》も荒れてうき波のかへるかたにや身をたぐへまし
	6	贈	光源氏	寄る波にたちかさねたる旅衣しほどけしとや人のいとはむ
	7	答	光源氏	ひとりしてなづるは袖のほどなきに覆ふばかりのかげをしぞまつ
	8	答	光源氏	数ならぬみ島がくれに鳴く鶴《たづ》を今日もいかにととふ人ぞなき
	9	答	光源氏	数ならでなにはのこともかひなきになどみをつくし思ひそめけむ
	10	唱		いきてまたあひ見むことをいつとてかかぎりもしらぬ世をばたのまむ

詠者	番号	種別	相手	和歌
明石御方	11	答	明石尼君	いくかへりゆきかふ秋をすぐしつつうき木にのりてわれかへるらん
	12	答	明石尼君	ふる里に見し世の友を恋ひわびてさへづることを誰かわくらん
	13	答	光源氏	変わらじと契りしことをたのみにて松のひびきに音をそへしかな
	14	贈	宣旨娘	雪ふかみみ山の道は晴れずともなほふみかよへあと絶えずして
	15	贈	光源氏	末遠き二葉の松にひきわかれいつか木高きかげを見るべき
	16	贈	光源氏	いさりせし影わすられぬ篝火は身のうき舟やしたひきにけん
	17	贈	明石中宮	年月をまつにひかれて経る人にけふ鶯の初音きかせよ
	18	独		めづらしや花のねぐらに木づたひて谷のふる巣をとへる鶯
	19	独		おほかたに荻の葉すぐる風の音もうき身ひとつにしむ心地して
	20	唱		世をすてて明石の浦にすむ人も心の闇ははるけしもせじ
	21	答	紫上	薪こる思ひは今日をはじめにてこの世にねがふ法ぞはるけき
	22	答	光源氏	雁がゐし苗代水の絶えしよりうつりし花のかげをだに見ず
六条御息所	1	独		影をのみみたらし川のつれなきに身のうきほどぞいとど知らるる

六条御息所	2	贈	光源氏	袖ぬるるこひぢとかつは知りながら下り立つ田子のみづからぞうき
	3	贈	光源氏	なげきわび空に乱るるわが魂を結びとどめよしたがひのつま
	4	贈	光源氏	人の世をあはれと聞くも露けきにおくるる袖を思ひこそやれ
	5	贈	光源氏	神垣はしるしの杉もなきものをいかにまがへて折れるさかきぞ
	6	答	光源氏	おほかたの秋の別れもかなしきに鳴く音な添へそ野辺の松虫
	7	独		そのかみを今日はかけじと忍ぶれど心のうちにものぞかなしき
	8	答	光源氏	鈴鹿川八十瀬の波にぬれぬれず伊勢まで誰か思ひおこせむ
	9	贈	光源氏	うきめ刈る伊勢をの海人を思ひやれもしほたるてふ須磨の浦にて
	10	贈	光源氏	伊勢島や潮干の潟にあさりてもいふかひなきはわが身なりけり
	11	贈	光源氏	わが身こそあらぬさまなれそれながらそらおぼれする君は君なり
浮舟	1	贈	浮舟母	ひたぶるにうれしからまし世の中にあらぬところと思はましかば
	2	贈	中の君	まだ古りぬものにはあれど君がためふかき心にまつと知らなん
	3	答	匂宮	心をばなげかざらまし命のみさだめなき世と思はましかば

浮舟	4	答	匂宮	涙をもほどなき袖にせきかねていかに別れをとどむべき身ぞ
	5	答	薫	絶え間のみ世にはあやふき宇治橋を朽ちせぬものとなほたのめとや
	6	答	匂宮	橘の小島の色はかはらじをこのうき舟ぞゆくへ知られぬ
	7	答	匂宮	降りみだれみぎはにこほる雪よりも中空《なかぞら》にてぞわれは消《け》ぬべき
	8	独		里の名をわが身に知れば山城の宇治のわたりぞいとど住みうき
	9	答	匂宮	かきくらし晴れせぬ峰の雨雲に浮きて世をふる身をもなさばや
	10	答	薫	つれづれと身を知る雨のをやまねば袖さへいとどみかさまさりて
	11	独		なげきわび身をば棄つとも亡き影にうき名流さむことをこそ思へ
	12	答	匂宮	からをだにうき世の中にとどめずはいづこをはかと君もうらみむ
	13	贈	浮舟母	のちにまたあひ見むことを思はなむこの世の夢に心まどはで
	14	贈	浮舟母	鐘の音の絶ゆるひびきに音をそへてわが世つきぬと君に伝へよ
	15	独		身を投げし涙の川のはやき瀬をしがらみかけて誰かとどめし
	16	独		われかくてうき世の中にめぐるとも誰かは知らむ月のみやこに

浮舟	17	独		はかなくて世にふる川のうき瀬にはたづねもゆかじ二本の杉
	18	独		心には秋の夕《ゆふべ》をわかねどもながむる袖に露ぞみだるる
	19	答	中将	うきものと思ひも知らですぐす身をもの思ふ人と人は知りけり
	20	独		亡きものに身をも人をも思ひつつ棄ててし世をぞさらに棄てつる
	21	独		限りぞと思ひなりにし世の中をかへすがへすもそむきぬるかな
	22	答	中将	心こそうき世の岸をはなるれど行く方も知らぬあまのうき木を
	23	独		かきくらす野山の雪をながめてもふりにしことぞ今日も悲しき
	24	答	小野妹尼	雪ふかき野辺の若菜も今よりは君がためにぞ年もつむべき
	25	独		袖ふれし人こそ見えね花の香のそれかとにほふ春のあけぼの
	26	独		尼衣かはれる身にやありし世のかたみに袖をかけてしのばん
藤壺	1	答	光源氏	世がたりに人や伝へんたぐひなくうき身を醒《さ》めぬ夢になしても
	2	答	光源氏	から人の袖ふることは遠けれど立ちゐにつけてあはれとは見き
	3	答	光源氏	袖ぬるる露のゆかりと思ふにもなほうとまれぬやまとなでしこ

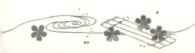

詠者	番号	種別	相手	和歌
藤壺	4	独		おほかたに花の姿をみましかば露も心のおかれましやは
	5	答	光源氏	ながき世のうらみを人に残してもかつは心をあだと知らなむ
	6	贈	光源氏	ここのへに霧やへだつる雲の上の月をはるかに思ひやるかな
	7	答	光源氏	ながらふるほどはうけれどゆきめぐり今日はその世にあふ心地して
	8	答	光源氏	おほかたのうきにつけては厭《いと》へどもいつかこの世を背きはつべき
	9	答	光源氏	ありし世のなごりだになき浦島に立ち寄る浪のめづらしさかな
	10	贈	光源氏	見しはなくあるは悲しき世のはてを背きしかひもなくなくぞ経《ふ》る
	11	答	光源氏	しほたるることをやくにて松島に年ふるあまも嘆きをぞつむ
	12	唱		見るめこそうらふりぬらめ年へにし伊勢をの海人の名をや沈めむ
紫上	1	答	光源氏	かこつべきゆゑを知らねばおぼつかないかなる草のゆかりなるらん
	2	答	光源氏	千尋ともいかでか知らむさだめなく満ち干る潮ののどけからぬに
	3	答	光源氏	風吹けばまづぞみだるる色かはる浅茅が露にかかるささがにに
	4	答	光源氏	別れても影だにとまるものならば鏡を見てもなぐさめてまし

紫上			
5	答	光源氏	惜しからぬ命にかへて目の前の別れをしばしとどめてしかな
6	贈	光源氏	浦人のしほくむ袖にくらべみよ波路へだつる夜の衣を
7	贈	光源氏	浦風やいかに吹くらむ思ひやる袖うちぬらし波間なきころ
8	答	光源氏	うらなくも思ひけるかな契りしを松より波は越えじものぞと
9	贈	光源氏	思ふどちなびく方にはあらずともわれぞ煙にさきだちなまし
10	贈	光源氏	ひとりゐて嘆きしよりは海人のすむかたをかくてぞ見るべかりける
11	贈	光源氏	舟とむるをちかた人のなくはこそ明日かへりこむ夫《せな》と待ちみめ
12	贈	光源氏	こほりとぢ石間《いしま》の水はゆきなやみそらすむ月のかげぞながるる
13	答	秋好中宮	風に散る紅葉はかろし春のいろを岩ねの松にかけてこそ見め
14	答	光源氏	くもりなき池の鏡によろづ世をすむべきかげぞしるく見えける
15	贈	秋好中宮	花ぞののこてふをさへや下草《したくさ》に秋まつむしはうとく見るらむ
16	独		目に近く移ればかはる世の中を行く末とほくたのみけるかな
17	答	朱雀院	背く世のうしろめたくはさりがたきほだしをしひてかけな離れそ

詠者	番号	種別	相手	和歌
紫上	18	独		身にちかく秋や来ぬらん見るままに青葉の山もうつろひにけり
	19	唱		住の江の松に夜ぶかくおく霜は神のかけたる木綿《ゆふ》鬘《かづら》かも
	20	贈	光源氏	消えとまるほどやは経《ふ》べきたまさかに蓮《はちす》の露のかかるばかりを
	21	贈	明石御方	惜しからぬこの身ながらもかぎりとて薪尽きなむことの悲しさ
	22	贈	花散里	絶えぬべきみのりながらぞ頼まるる世々にと結ぶ中の契りを
	23	唱		おくと見るほどぞはかなきともすれば風にみだるる萩のうは露
女三の宮	1	答	光源氏	はかなくてうはの空にぞ消えぬべき風にただよふ春のあは雪
	2	答	柏木	あけぐれの空にうき身は消えななむ夢なりけりと見てもやむべく
	3	贈	光源氏	夕露に袖ぬらせとやひぐらしの鳴くを聞く聞く起きて行くらん
	4	答	柏木	立ちそひて消えやしなましうきことを思ひみだるる煙くらべに
	5	答	光源氏	うき世にはあらぬところのゆかしくてそむく山路に思ひこそ入れ
	6	答	光源氏	へだてなくはちすの宿を契りても君が心やすまじとすらむ
	7	贈	光源氏	おほかたの秋をばうしと知りにしをふり棄てがたき鈴虫の声

光源氏			
1	贈	空蟬	つれなきを恨みもはてぬしののめにとりあへぬまでおどろかすらむ
2	贈	空蟬	見し夢をあふ夜ありやとなげく間に目さへあはでぞころも経にける
3	贈	空蟬	帚木の心をしらでその原の道にあやなくまどひぬるかな
4	独		空蟬の身をかへてける木のもとになほ人がらのなつかしきかな
5	答	夕顔	寄りてこそそれかとも見めたそかれにほのぼの見つる花の夕顔
6	贈	中将御許	咲く花にうつるてふ名はつつめども折らで過ぎうきけさの朝顔
7	贈	夕顔	優婆塞《うばそく》が行ふ道をしるべにて来《こ》む世も深き契りたがふな
8	贈	夕顔	いにしへもかくやは人のまどひけんわがまだ知らぬしののめの道
9	贈	夕顔	夕露に紐《ひも》とく花は玉ぼこのたよりに見えしえにこそありけれ
10	独		見し人の煙を雲とながむれば夕べの空もむつましきかな
11	答	空蟬	うつせみの世はうきものと知りにしをまた言の葉にかかる命よ
12	贈	軒端荻	ほのかにも軒端の荻を結ばずは露のかごとを何にかけまし
13	独		泣く泣くも今日はわが結ふ下紐をいづれの世にかとけて見るべき

光源氏

14	贈	空蟬	逢ふまでの形見ばかりと見しほどにひたすら袖の朽ちにけるかな
15	独		過ぎにしもけふ別るるも二道《ふたみち》に行く方《かた》知らぬ秋の暮かな
16	贈	北山尼君	初草の若葉のうへを見つるより旅寝の袖もつゆぞかわかぬ
17	贈	北山僧都	吹き迷ふ深山おろしに夢さめて涙もよほす滝の音かな
18	唱		宮人に行きてかたらむ山桜風よりさきに来ても見るべく
19	贈	北山尼君	夕まぐれほのかに花の色を見てけさは霞の立ちぞわづらふ
20	贈	北山尼君	面影は身をも離れず山桜心のかぎりとめて来しかど
21	贈	北山尼君	あさか山あさくも人を思はぬになど山の井のかけはなるらむ
22	贈	藤壺	見てもまたあふよまれなる夢の中《うち》にやがてまぎるるわが身ともがな
23	贈	北山尼君	いはけなき鶴の一声聞きしより葦間になづむ舟ぞえならぬ
24	独		手に摘みていつしかも見む紫のねにかよひける野辺の若草
25	贈	少納言乳母	あしわかの浦にみるめはかたくともこは立ちながらかへる波かは
26	贈	忍び所	あさぼらけ霧立つそらのまよひにも行き過ぎがたき妹《いも》が門《かど》かな

光源氏			
27	贈	紫上	ねは見ねどあはれとぞ思ふ武蔵野の露わけわぶる草のゆかりを
28	答	頭中将	里分かぬかげをば見れど行く月のいるさの山を誰かたづぬる
29	贈	末摘花	いくそたび君がしじまに負けぬらんものな言ひそといはぬたのみに
30	答	侍従	いはぬをもいふにまさると知りながらおしこめたるは苦しかりけり
31	贈	末摘花	夕霧のはるる気色《けしき》もまだ見ぬにいぶせさそふる宵の雨かな
32	贈	末摘花	朝日さす軒のたるひはとけながらなどかつららのむすぼほるらむ
33	独		ふりにける頭の雪を見る人もおとらずぬらす朝の袖かな
34	独		なつかしき色ともなしに何にこのすゑつむ花を袖にふれけむ
35	答	末摘花	逢はぬ夜をへだつる中の衣手にかさねていとど見もし見よとや
36	独		紅の花ぞあやなくうとまるる梅の立ち枝《え》はなつかしけれど
37	贈	藤壺	もの思ふに立ち舞ふべくもあらぬ身の袖うちふりし心知りきや
38	贈	王命婦	いかさまに昔むすべる契りにてこの世にかかる中のへだてぞ
39	贈	藤壺	よそへつつ見るに心は慰まで露けさまさるなでしこの花

光源氏			
40	答	源典侍	笹分けば人や咎めむいつとなく駒なつくめる森の木がくれ
41	答	源典侍	人妻はあなわづらはし東屋の真屋のあまりも馴れじとぞ思ふ
42	答	頭中将	かくれなきものと知る知る夏衣きたるをうすき心とぞ見る
43	答	源典侍	あらだちし波に心は騒がねど寄せけむ磯をいかがうらみぬ
44	贈	頭中将	中絶えばかごとやおふとあやふさにはなだの帯は取りてだに見ず
45	独		尽きもせぬ心の闇にくるるかな雲居に人を見るにつけても
46	贈	朧月夜	深き夜のあはれを知るも入《い》る月のおぼろけならぬ契りとぞ思ふ
47	答	朧月夜	いづれぞと露のやどりをわかむまに小篠が原に風もこそ吹け
48	贈	朧月夜	世に知らぬ心地こそすれ有明の月のゆくへを空にまがへて
49	贈	朧月夜	あづさ弓いるさの山にまどふかなほのみし月の影や見ゆると
50	贈	紫上	はかりなき千尋の底の海松《みる》ぶさの生ひゆく末は我のみぞ見む
51	答	源典侍	かざしける心ぞあだに思ほゆる八十氏人《やそうぢびと》になべてあふひを
52	答	六条御息所	浅みにや人は下り立つわが方は身もそぼつまで深きこひぢを

光源氏			
53	独		のぼりぬる煙はそれと分かねどもなべて雲居のあはれなるかな
54	独		限りあれば薄墨《うすずみ》衣あさけれど涙ぞ袖をふちとなしける
55	答	六条御息所	とまる身も消えしも同じ露の世に心おくらむほどぞはかなき
56	答	頭中将	見し人の雨となりにし雲居さへいとど時雨にかきくらすころ
57	贈	大宮	草枯れのまがきに残るなでしこを別れし秋のかたみとぞ見る
58	贈	朝顔	わきてこの暮こそ袖は露けけれもの思ふ秋はあまたへぬれど
59	独		亡き魂《たま》ぞいとど悲しき寝し床のあくがれがたき心ならひに
60	独		君なくて塵積りぬるとこなつの露うち払ひいく夜寝ぬらむ
61	贈	紫上	あやなくも隔てけるかな夜を重ねさすがに馴れし夜の衣を
62	贈	大宮	あまた年今日あらためし色ごろもきては涙ぞふる心地する
63	答	六条御息所	少女子《をとめご》があたりと思へば榊葉の香をなつかしみとめてこそ折れ
64	贈	六条御息所	あかつきの別れはいつも露けきをこは世に知らぬ秋の空かな
65	贈	秋好中宮	八洲《やしま》もる国つ御神《みかみ》もこころあらば飽かぬわかれのなかをことわれ

光源氏			
66	贈	六条御息所	ふりすてて今日は行くとも鈴鹿川八十瀬の波に袖はぬれじや
67	独		行く方《かた》をながめもやらむこの秋は逢坂山を霧なへだてそ
68	唱		さえわたる池の鏡のさやけきに見なれしかげを見ぬぞかなしき
69	答	朧月夜	嘆きつつわがよはかくて過ぐせとや胸のあくべき時ぞともなく
70	贈	藤壺	逢ふことのかたきを今日にかぎらずはいまいく世をか嘆きつつ経《へ》ん
71	贈	紫上	浅茅生の露のやどりに君をおきて四方の嵐ぞ静心なき
72	贈	朝顔	かけまくはかしこけれどもそのかみの秋思はゆる木綿襷《ゆふだすき》かな
73	答	藤壺	月かげは見し世の秋にかはらぬをへだつる霧のつらくもあるかな
74	答	朧月夜	あひ見ずてしのぶるころの涙をもなべての空の時雨とや見る
75	贈	藤壺	別れにし今朝は来れども見し人にゆきあふほどをいつとたのまん
76	贈	藤壺	月のすむ雲居をかけてしたふともこのよの闇になほやまどはむ
77	贈	藤壺	ながめかるあまのすみかと見るからにまづしほたるる松が浦島
78	答	頭中将	時ならでけさ咲く花は夏の雨にしをれにけらしにほふほどなく

光源氏			
79	贈	中川の女	をち返りえぞ忍ばれぬほととぎすほの語らひし宿の垣根に
80	贈	麗景殿	橘の香をなつかしみほととぎす花散る里をたづねてぞとふ
81	贈	大宮	鳥辺山もえし煙もまがふやと海人の塩やく浦見にぞ行く
82	贈	紫上	身はかくてさすらへぬとも君があたり去らぬ鏡のかけは離れじ
83	答	花散里	行きめぐりつひにすむべき月影のしばし曇らむ空ながめそ
84	贈	朧月夜	逢ふ瀬なき涙の川に沈みしや流るるみをのはじめなりけむ
85	答	藤壺	別れしに悲しきことは尽きにしをまたぞこの世のうさはまされる
86	答	右近将監	うき世をば今ぞ別るるとどまらむ名をばただすの神にまかせて
87	独		なきかげやいかが見るらむよそへつつながむる月も雲がくれぬる
88	贈	冷泉院	いつかまた春のみやこの花を見ん時うしなへる山がつにして
89	贈	紫上	生ける世の別れを知らで契りつつ命を人にかぎりけるかな
90	独		唐国《からくに》に名を残しける人よりも行く方しられぬ家居をやせむ
91	独		ふる里を峰の霞はへだつれどながむる空はおなじ雲居か

光源氏			
92	贈	藤壺	松島のあまの苫屋もいかならむ須磨の浦人しほたるるころ
93	贈	朧月夜	こりずまの浦のみるめのゆかしきを塩焼くあまやいかが思はん
94	答	六条御息所	伊勢人の波の上こぐ小舟にもうきめは刈らで乗らましものを
95	答	六条御息所	海人がつむ嘆きの中にしほたれていつまで須磨の浦にながめむ
96	独		恋ひわびてなく音にまがふ浦波は思ふかたより風や吹くらん
97	唱		初雁は恋しき人のつらなれやたびのそらとぶ声の悲しき
98	独		見るほどぞしばしなぐさむめぐりあはん月の都は遥かなれども
99	独		うしとのみひとへにものは思ほえでひだりみぎにもぬるる袖かな
100	答	筑紫五節	心ありてひきての綱のたゆたはばうち過ぎましや須磨の浦波
101	独		山がつのいほりに焚けるしばしばもこと問ひ来なむ恋ふる里人
102	独		いづかたの雲路にわれもまよひなむ月の見るらむこともはづかし
103	独		友千鳥もろ声に鳴くあかつきはひとり寝ざめの床もたのもし
104	独		いつとなく大宮人の恋しさに桜かざしし今日も来にけり

光源氏			
105	贈	頭中将	ふる里をいづれの春か行きて見んうらやましきは帰るかりがね
106	贈	頭中将	雲ちかく飛びかふ鶴もそらに見よわれは春日のくもりなき身ぞ
107	独		知らざりし大海の原に流れきてひとかたにやはものは悲しき
108	独		八百よろづ神もあはれと思ふらむ犯せる罪のそれとなければ
109	独		海にます神のたすけにかからずは潮のやほあひにさすらへなまし
110	贈	紫上	はるかにも思ひやるかな知らざりし浦よりをちに浦づたひして
111	独		あはと見る淡路の島のあはれさへ残るくまなく澄める夜の月
112	答	明石入道	旅衣うらがなしさにあかしかね草の枕は夢もむすばず
113	贈	明石御方	をちこちも知らぬ雲居にながめわびかすめし宿の梢をぞとふ
114	贈	明石御方	いぶせくも心にものをなやむかなやよやいかにと問ふ人もなみ
115	独		秋の夜のつきげの駒よわが恋ふる雲居をかけれ時のまも見ん
116	贈	明石御方	むつごとを語りあはせむ人もがなうき世の夢もなかばさむやと
117	贈	紫上	しほしほとまづぞ泣かるるかりそめのみるめは海人のすさびなれども

詠者	番号	贈答	相手	和歌
光源氏	118	贈	明石御方	このたびは立ちわかるとも藻塩やく煙は同じかたになびかむ
	119	答	明石御方	逢ふまでのかたみに契る中の緒のしらべはことに変らざらなむ
	120	贈	明石御方	うちすててたつも悲しき浦波のなごりいかにと思ひやるかな
	121	答	明石御方	かたみにぞかふべかりける逢ふことの日数へだてん中の衣を
	122	答	明石入道	都出でし春のなげきにおとらめや年ふる浦をわかれぬる秋
	123	贈	朱雀院	わたつ海にしなえうらぶれ蛭《ひる》の子の脚《あし》立たざりし年はへにけり
	124	贈	明石御方	嘆きつつあかしのうらに朝霧のたつやと人を思ひやるかな
	125	答	筑紫五節	かへりてはかごとやせまし寄せたりしなごりに袖のひがたかりしを
	126	贈	宣旨の娘	かねてより隔てぬなかとならはねど別れは惜しきものにぞありける
	127	贈	明石御方	いつしかも袖うちかけむをとめ子が世をへてなづる岩のおひさき
	128	答	紫上	誰により世をうみやまに行きめぐり絶えぬ涙にうきしづむ身ぞ
	129	贈	明石御方	海松や時ぞともなきかげにゐて何のあやめもいかにわくらむ
	130	答	花散里	おしなべてたたく水鶏《くいな》におどろかばうはの空なる月もこそ入れ

光源氏			
131	答	惟光	あらかりし波のまよひに住吉の神をばかけてわすれやはする
132	贈	明石御方	みをつくし恋ふるしるしにここまでもめぐり逢ひけるえには深しな
133	独		露けさのむかしに似たる旅衣田蓑《たみの》の島の名にはかくれず
134	贈	秋好中宮	降りみだれひまなき空に亡きひとの天かけるらむ宿ぞかなしき
135	独		たづねてもわれこそとはめ道もなく深き蓬のもとのこころを
136	贈	末摘花	藤波のうち過ぎがたく見えつるはまつこそ宿のしるしなりけれ
137	贈	空蟬	わくらばに行きあふみちを頼みしもなほかひなしやしほならぬ海
138	答	紫上	うきめ見しそのをりよりも今日はまた過ぎにしかたにかへる涙か
139	答	明石尼君	いさらゐははやくのことも忘れじをもとのあるじや面がはりせる
140	贈	明石御方	契りしに変らぬことのしらべにて絶えぬ心のほどは知りきや
141	答	冷泉院	久かたのひかりに近き名のみしてあさゆふ霧も晴れぬ山里
142	唱		めぐり来て手にとるばかりさやけきや淡路の島のあはと見し月
143	答	明石御方	生ひそめし根もふかければ武隈《たけくま》の松に小松の千代をならべん

光源氏			
144	答	紫上	行きてみて明日もさね来むなかなかにをちかた人は心おくとも
145	独		入日さす峰にたなびく薄雲はもの思ふ袖に色やまがへる
146	贈	秋好中宮	君もさはあはれをかはせ人しれずわが身にしむる秋の夕風
147	答	明石御方	あさからぬしたの思ひをしらねばやなほ篝火の影はさわげる
148	贈	朝顔	人知れず神のゆるしを待ちし間にここらつれなき世を過ぐすかな
149	贈	朝顔	見しをりのつゆわすられぬ朝顔の花のさかりは過ぎやしぬらん
150	独		いつのまに蓬がもととむすぼほれ雪ふる里と荒れし垣根ぞ
151	答	源典侍	身をかへて後も待ちみよこの世にて親を忘るるためしありやと
152	贈	朝顔	つれなさを昔にこりぬ心こそ人のつらきに添へてつらけれ
153	答	紫上	かきつめてむかし恋しき雪もよにあはれを添ふる鴛鴦《をし》のうきねか
154	独		とけて寝ぬ寝覚めさびしき冬の夜に結ぼほれつる夢のみじかさ
155	独		なき人をしたふ心にまかせてもかげ見ぬみつの瀬にやまどはむ
156	贈	朝顔	かけきやは川瀬の波もたちかへり君がみそぎのふぢのやつれを

光源氏			
157	贈	筑紫五節	をとめごも神さびぬらし天つ袖ふるき世の友よはひ経ぬれば
158	唱		鶯のさへづる声はむかしにてむつれし花のかげぞかはれる
159	贈	玉鬘	知らずとも尋ねてしらむ三島江に生ふる三稜《みくり》のすぢは絶えじを
160	独		恋ひわたる身はそれなれど玉かづらいかなるすぢを尋ね来つらむ
161	答	末摘花	かへさむといふにつけてもかたしきの夜の衣を思ひこそやれ
162	贈	紫上	うす氷とけぬる池の鏡には世にたぐひなきかげぞならべる
163	独		ふるさとの春の梢にたづね来て世のつねならぬはなを見るかな
164	答	螢宮	ふちに身を投げつべしやとこの春は花のあたりを立ちさらで見よ
165	贈	玉鬘	ませのうちに根深くうゑし竹の子のおのが世々にや生ひわかるべき
166	贈	玉鬘	橘のかをりし袖によそふればかはれる身ともおもほえぬかな
167	贈	玉鬘	うちとけてねもみぬものを若草のことあり顔にむすぼほるらむ
168	答	花散里	にほどりに影をならぶる若駒はいつかあやめにひきわかるべき
169	贈	玉鬘	思ひあまり昔のあとをたづぬれど親にそむける子ぞたぐひなき

光源氏			
170	贈	玉鬘	なでしこのとこなつかしき色を見ばもとの垣根を人やたづねむ
171	贈	玉鬘	篝火にたちそふ恋の煙こそ世には絶えせぬほのほなりけれ
172	答	玉鬘	した露になびかましかば女郎花あらき風にはしをれざらまし
173	答	冷泉院	をしは山みゆきつもれる松原に今日ばかりなる跡やなからむ
174	答	玉鬘	あかねさす光は空にくもらぬをなどてみゆきに目をきらしけむ
175	答	末摘花	唐衣またからころもからころもかへすがへすもからころもなる
176	答	頭中将	よるべなみかかる渚にうち寄せて海人もたづねぬもくづとぞ見し
177	贈	玉鬘	おりたちて汲みはみねども渡り川人のせとはた契らざりしを
178	贈	玉鬘	かきたれてのどけきころの春雨にふるさと人をいかにしのぶや
179	独		思はずに井手のなか道へだつともいはでぞ恋ふる山吹の花
180	贈	玉鬘	おなじ巣にかへりしかひの見えぬかないかなる人か手ににぎるらん
181	答	朝顔	花の枝にいとど心をしむるかな人のとがめん香をばつつめど
182	唱		色も香もうつるばかりにこの春は花さく宿をかれずもあらなん

光源氏			
183	答	螢宮	めづらしと古里人も待ちぞみむ花のにしきを着てかへる君
184	贈	頭中将	色まさるまがきの菊もをりをりに袖うちかけし秋を恋ふらし
185	答	玉鬘	小松原末のよはひに引かれてや野辺の若菜も年をつむべき
186	答	紫上	命こそ絶ゆとも絶えめさだめなき世のつねならぬなかの契りを
187	贈	女三の宮	中道をへだつるほどはなけれども心みだるるけさのあは雪
188	贈	朧月夜	年月をなかにへだてて逢坂のさもせきがたくおつる涙か
189	贈	朧月夜	沈みしも忘れぬものをこりずまに身もなげつべき宿のふぢ波
190	答	紫上	水鳥の青羽は色もかはらぬを萩のしたこそけしきことなれ
191	贈	明石尼君	たれかまた心を知りて住吉の神世を経たる松にこと問ふ
192	答	紫上	契りおかむこの世ならでも蓮葉《はちすば》に玉ゐる露の心へだつな
193	答	女三の宮	待つ里もいかが聞くらむかたがたに心さわがすひぐらしの声
194	贈	朧月夜	あまの世をよそに聞かめや須磨の浦に藻塩たれしも誰ならなくに
195	贈	女三の宮	誰が世にか種はまきしと人問はばいかが岩根の松はこたへむ

光源氏			
196	独		うきふしも忘れずながらくれ竹のこは棄てがたきものにぞありける
197	贈	女三の宮	はちす葉をおなじ台《うてな》と契りおきて露のわかるる今日ぞ悲しき
198	答	女三の宮	心もて草のやどりをいとへどもなほ鈴虫の声ぞふりせぬ
199	答	冷泉院	月かげはおなじ雲居に見えながらわが宿からの秋ぞかはれる
200	唱		ややもせば消えをあらそふ露の世におくれ先だつほど経ずもがな
201	答	頭中将	露けさはむかし今とも思ほえずおほかた秋の夜こそつらけれ
202	答	秋好中宮	のぼりにし雲居ながらもかへり見よわれあきはてぬ常ならぬ世に
203	贈	螢宮	わが宿は花もてはやす人もなしなににか春のたづね来つらん
204	独		うき世にはゆき消えなんと思ひつつ思ひの外《ほか》になほぞほどふる
205	独		植ゑて見し花のあるじもなき宿に知らず顔にて来ゐる鶯
206	独		今はとてあらしやはてむ亡き人の心とどめし春の垣根を
207	贈	明石御方	なくなくも帰りにしかな仮の世はいづこもつひの常世《とこよ》ならぬに
208	答	花散里	羽衣のうすきにかはる今日よりはうつせみの世ぞいとど悲しき

光源氏			
209	答	中将の君	おほかたは思ひすててし世なれどもあふひはなほやつみをかすべき
210	贈	夕霧	なき人をしのぶる宵のむら雨に濡れてや来つる山ほととぎす
211	独		つれづれとわが泣きくらす夏の日をかごとがましき虫の声かな
212	独		夜を知るほたるを見てもかなしきは時ぞともなき思ひなりけり
213	独		七夕の逢ふ瀬は雲のよそに見てわかれの庭に露ぞおきそふ
214	答	中将の君	人恋ふるわが身も末になりゆけど残り多かる涙なりけり
215	独		もろともにおきゐし菊の朝露もひとり袂にかかる秋かな
216	独		大空をかよふまぼろし夢にだに見えこぬ魂の行く方たづねよ
217	独		宮人は豊《とよ》の明《あかり》にいそぐ今日ひかげもしらで暮らしつるかな
218	独		死出の山越えにし人をしたぶとて跡を見つつもなほまどふかな
219	独		かきつめて見るもかひなし藻塩草おなじ雲居の煙とをなれ
220	贈	導師	春までの命も知らず雪のうちに色づく梅をけふかざしてん
221	独		もの思ふと過ぐる月日も知らぬ間に年もわが世も今日や尽きぬる

薫			
1	独		おぼつかな誰に問はましいかにしてはじめもはても知らぬわが身ぞ
2	答	宰相の君	よそにてはもぎ木なりとやさだむらんしたに匂へる梅の初花
3	贈	藤侍従	竹河のはしうち出でしひとふしに深き心のそこは知りきや
4	贈	藤侍従	つれなくて過ぐる月日をかぞへつつもの恨めしき暮の春かな
5	贈	藤侍従	手にかくるものにしあらば藤の花松よりまさる色を見ましや
6	答	侍女	流れてのたのめむなしき竹河に世はうきものと思ひ知りにき
7	独		山おろしにたへぬ木の葉の露よりもあやなくもろきわが涙かな
8	贈	大君	あさぼらけ家路も見えずたづねこし槙の尾山は霧こめてけり
9	贈	大君	橋姫のこころを汲みて高瀬さす棹のしづくに袖ぞ濡れぬる
10	答	八の宮	いかならむ世にかかれせむ長きよのちぎり結べる草の庵は
11	贈	大君	色かはる浅茅を見ても墨染にやつるる袖を思ひこそやれ
12	独		秋霧のはれぬ雲居にいとどしくこの世をかりと言ひ知らすらむ
13	答	大君	つららとぢ駒ふみしだく山川をしるべしがてらまづやわたらむ

薫			
14	独		立ち寄らむ蔭とたのみし椎が本むなしき床になりにけるかな
15	贈	大君	あげまきに長き契りをむすびこめおなじ所によりもあはなむ
16	贈	大君	山里のあはれ知らるる声々にとりあつめたる朝ぼらけかな
17	贈	大君	おなじ枝を分きてそめける山姫にいづれか深き色ととはばや
18	答	匂宮	霧ふかきあしたの原の女郎花心をよせて見る人ぞみる
19	贈	大君	しるべせしわれやかへりてまどふべき心もゆかぬ明けぐれの道
20	贈	大君	小夜《さよ》衣きてなれきとはいはずともかごとばかりはかけずしもあらじ
21	唱		桜こそ思ひ知らすれ咲きにほふ花も紅葉もつねならぬ世を
22	贈	中の君	霜さゆる汀《みぎは》の千鳥うちわびてなく音かなしき朝ぼらけかな
23	独		かきくもり日かげも見えぬ奥山に心をくらすころにもあるかな
24	独		くれなゐに落つる涙もかひなきはかたみの色をそめぬなりけり
25	独		おくれじと空ゆく月をしたふかなつひにすむべきこの世ならねば
26	独		恋ひわびて死ぬるくすりのゆかしきに雪の山にや跡を消《け》なまし

薫			
27	答	匂宮	見る人にかごとよせける花の枝《え》を心してこそ折るべかりけれ
28	贈	中の君	はかなしやかすみの衣のたちしまに花のひもとくをりも来にけり
29	答	中の君	袖ふれし梅はかはらぬにほひにて根ごめうつろふ宿やことなる
30	答	弁の尼	身を投げむ涙の川にしづみても恋しき瀬々に忘れしもせじ
31	独		しなてるやにほの湖に漕ぐ舟のまほならねどもあひ見しものを
32	贈	今上帝	世のつねの垣根ににほふ花ならば心のままに折りて見ましを
33	独		今朝のまの色にやめでんおく露の消えぬにかかる花と見る見る
34	贈	中の君	よそへてぞ見るべかりける白露のちぎりかおきし朝顔の花
35	答	按察の君	深からずうへは見ゆれど関川のしたのかよひはたゆるものかは
36	贈	中の君	いたづらに分けつる道の露しげみむかしおぼゆる秋の空かな
37	贈	中の君	むすびける契りことなる下紐をただひとすぢにうらみやはする
38	贈	弁の尼	やどり木と思ひいでずは木のもとの旅寝もいかにさびしからまし
39	唱		すべらきのかざしに折ると藤の花およばぬ枝に袖かけてけり

薫			
40	独		かほ鳥の声も聞きしにかよふやとしげみを分けて今日ぞ尋ぬる
41	贈	中の君	見し人の形代《かたしろ》ならば身にそへて恋しき瀬々のなでものにせむ
42	独		絶えはてぬ清水になどかなき人のおもかげをだにとどめざりけん
43	独		さしとむるむぐらやしげき東屋のあまりほどふる雨そそきかな
44	独		かたみぞと見るにつけては朝露のところせきまでぬるる袖かな
45	答	弁の尼	里の名もむかしながらに見し人のおもがはりせるねやの月かげ
46	贈	浮舟	宇治橋の長きちぎりは朽ちせじをあやぶむかたに心さわぐな
47	贈	浮舟	水まさるをちの里人いかならむ晴れぬながめにかきくらすころ
48	贈	浮舟	波こゆるころとも知らず末の松待つらむとのみ思ひけるかな
49	贈	匂宮	忍び音や君もなくらむかひもなき死出の田長《たをさ》に心かよはば
50	独		われもまたうきふる里を荒れはてばたれやどり木のかげをしのばむ
51	答	小宰相君	つねなしとここら世を見るうき身だに人の知るまで嘆きやはする
52	独		荻の葉に露ふきむすぶ秋風も夕《ゆふべ》ぞわきて身にはしみける

詠者	番号	区分	相手	和歌
薫	53	贈	中将御許	女郎花みだるる野辺にまじるともつゆのあだ名をわれにかけめや
	54	答	弁御許	宿かさばひと夜は寝なんおほかたの花にうつらぬ心なりとも
	55	独		ありと見て手にはとられず見ればまた行く方もしらず消えしかげろふ
	56	独		見し人は影もとまらぬ水の上に落ちそふ涙いとどせきあへず
	57	贈	浮舟	法《のり》の師とたづぬる道をしるべにて思はぬ山にふみまどふかな
匂宮	1	答	紅梅	花の香にさそはれぬべき身なりせば風のたよりを過ぐさましやは
	2	答	紅梅	花の香をにほはす宿にとめゆかば色にめづとや人のとがめん
	3	（答）	八の宮	をちこちの汀に波はへだつともなほ吹きかよへ宇治の川風
	4	贈	中の君	山桜にほふあたりにたづねきておなじかざしを折りてけるかな
	5	贈	大君	牡鹿鳴く秋の山里いかならむ小萩がつゆのかかる夕ぐれ
	6	答	大君	朝霧に友まどはせる鹿の音をおほかたにやはあはれとも聞く
	7	贈	中の君	つてに見し宿の桜をこの春はかすみへだてず折りてかざさむ
	8	贈	薫	女郎花さける大野をふせぎつつ心せばくやしめを結ふらむ

匂宮			
9	贈	中の君	世のつねに思ひやすらむ露ふかき道の笹原分けて来つるも
10	贈	中の君	中絶えむものならなくに橋姫のかたしく袖や夜半にぬらさん
11	唱		秋はててさびしさまさる木のもとを吹きなすぐしそ峰の松風
12	贈	女一の宮	若草のねみむものとは思はねどむすぼほれたる心地こそすれ
13	贈	中の君	ながむるは同じ雲居をいかなればおぼつかなさをそふる時雨ぞ
14	答	中の君	行く末をみじかきものと思ひなば目のまへにだにそむかざらなん
15	贈	薫	折る人の心に通ふ花なれや色には出でずしたに匂へる
16	贈	中の君	また人に馴れける袖の移り香をわが身にしめてうらみつるかな
17	贈	中の君	穂にいでぬもの思ふらししのすすき招くたもとの露しげくして
18	贈	浮舟	長き世を頼めてもなほかなしきはただ明日知らぬ命なりけり
19	贈	浮舟	世に知らずまどふべきかなさきに立つ涙も道をかきくらしつつ
20	贈	浮舟	年経ともかはらむものか橘の小島のさきに契る心は
21	贈	浮舟	峰の雪みぎはの氷踏みわけて君にぞまどふ道はまどはず

詠者	番号	区分	相手	和歌
匂宮	22	贈	浮舟	ながめやるそなたの雲も見えぬまで空さへくるるころのわびしさ
	23	贈	浮舟	いづくにか身をば棄てむと白雲のかからぬ山もなくなくぞ行く
	24	答	薫	橘のかをるあたりはほととぎす心してこそなくべかりけれ
中の君	1	唱		泣く泣くもはねうち着する君なくはわれぞ巣守りになるべかりける
	2	(答)	匂宮	かざしをる花のたよりに山がつの垣根を過ぎぬ春の旅人
	3	答	大君	奥山の松葉につもる雪とだに消えにし人を思はましかば
	4	答	大君	雪ふかき汀の小芹誰がために摘みかはやさん親なしにして
	5	答	匂宮	いづくとかたづねて折らむ墨染めにかすみこめたる宿の桜を
	6	答	匂宮	絶えせじのわがたのみにや宇治橋のはるけき中を待ちわたるべき
	7	答	匂宮	あられふる深山の里は朝夕にながむる空もかきくらしつつ
	8	答	薫	あかつきの霜うちはらひなく千鳥もの思ふ人の心をや知る
	9	贈	匂宮	来し方を思ひいづるもはかなきを行く末かけてなにたのむらん
	10	答	阿闍梨	この春はたれにか見せむなき人のかたみにつめる峰の早蕨

中の君	11	贈	薫	見る人もあらしにまよふ山里にむかしおぼゆる花の香ぞする
	12	答	弁の尼	しほたるるあまの衣にことなれや浮きたる波にぬるるわが袖
	13	独		ながむれば山よりい出て行く月も世にすみわびて山にこそ入れ
	14	答	薫	消えぬまに枯れぬる花のはかなさにおくるる露はなほぞまされる
	15	独		山里の松のかげにもかくばかり身にしむ秋の風はなかりき
	16	独		おほかたに聞かましものをひぐらしの声うらめしき秋の暮かな
	17	答	匂宮	みなれぬる中の衣とたのみしをかばかりにてやかけはなれなん
	18	答	匂宮	秋はつる野辺のけしきもしのすすきほのめく風につけてこそ知れ
	19	答	薫	みそぎ河瀬々にいださんなでものを身に添ふかげとたれか頼まん
大君	1	唱		いかでかぐ巣立ちけるぞと思ふにもうき水鳥のちぎりをぞ知る
	2	答	薫	雲のゐる峰のかけ路を秋霧のいとど隔つるころにもあるかな
	3	答	薫	さしかへる宇治の川長《かはをさ》朝夕のしづくや袖をくたしはつらむ
	4	（答）	匂宮	涙のみ霧りふたがれる山里はまがきにしかぞもろ声になく

大君			
5	答	薫	色かはる袖をばつゆのやどりにてわが身ぞさらにおきどころなき
6	贈	中の君	君なくて岩のかけ道絶えしより松の雪をもなにとかは見る
7	贈	薫	雪ふかき山のかけ橋君ならでまたふみかよふあとを見ぬかな
8	贈	中の君	君がをる峰の蕨と見ましかば知られやせまし春のしるしも
9	答	薫	ぬきもあへずもろき涙の玉の緒に長き契りをいかがむすばん
10	答	薫	鳥の音もきこえぬ山と思ひしを世のうきことは尋ね来にけり
11	答	薫	山姫の染むる心は分かねどもうつろふ方や深きなるらん
12	答	薫	かたがたにくらす心を思ひやれ人やりならぬ道にまどはば
13	答	薫	へだてなき心ばかりは通ふともなれし袖とはかけじとぞ思ふ

〈著者紹介〉
山田 利博（やまだ・としひろ）
1959 年　神奈川県に生まれる。
1982 年　早稲田大学第一文学部日本文学専攻卒業。
1989 年　早稲田大学大学院文学研究科日本文学専攻博士後期課程満期退学。
2008 年　（源氏物語千年紀）に早稲田大学より博士（文学）を授与される。
現職：宮崎大学教育学部教授。

著書等
（単著）『源氏物語の構造研究』（2004 年、新典社）
『アニメに息づく日本古典』（2004 年、新典社新書）
『源氏物語解析』（2010 年、明治書院）
『知ったか源氏物語』（2016 年、新典社新書）
他、共著・単著論文多数。

よく和歌る源氏物語

2017 年 10 月 28 日 初版第 1 刷発行

著　　者：山田 利博
発 行 者：前田 智彦
装　　幀：武蔵野書院装幀室
発 行 所：武蔵野書院
〒101-0054
東京都千代田区神田錦町 3-11 電話 03-3291-4859　FAX 03-3291-4839

印刷製本：三美印刷㈱

ISBN 978-4-8386-0475-3 Printed in Japan